ーシ

染井吉乃

幻冬舎ルチル文庫

CONTENTS ✦目次✦

君色リバーシ

✦カバーデザイン＝吉野知栄（CoCo.Design）
✦ブックデザイン＝まるか工房

イラスト・三池ろむこ✦

君色リバーシ

●●●

慌《あわ》ただしい平日の朝、尾道魁《おのみちかい》はいつもの通り自宅のキッチンで自分の分と会社に勤める姉・真結《まゆ》の分のお弁当を作っていた。

魁の通う私立の男子校にはカフェテリアがあるので、お弁当を持参する必要はない。料理を作るのは嫌いではないし、自分で作れば昼食代として貰《もら》っている分が好きに使えるお小遣いになるから、という理由で自分の分までついでに詰めている。

魁は都内の一軒家《いっけんや》に公務員の真面目《まじめ》な父と専業主婦の母、真結と四人で暮らしていた。

「はあ？　姉貴の代わりに見合いに行ってこいって？　何それワケワカリマセン」

キッチンに姿を見せた姉の意外な言葉に、お弁当におかずを詰めていた魁の手が止まる。

「だから私のお見合いだって説明してるじゃない」

「自分の見合いなら、自分で行ってくればいいんじゃないですか？　って意味ですけど？　いつも起こしてくれる母さんがいないのに、珍しく自力で起きてきたと思ったら…」

今日は金曜日。

夫婦仲のいい両親は、父親の有休消化を兼ねて朝早くから旅行に出かけてしまっていた。

「昨夜、魁に言い忘れたのよ。嫌だから代わりに行ってって…ん、美味《おい》しい」

そう言って真結は、まだお弁当に詰めていなかった唐揚《からあ》げをパク、とつまみ食いする。

「ちょっと、食べるなよ。姉貴の分はもう、お弁当出来てるんだから。それ俺の分！」

「いいじゃない、どうせ残りは朝ご飯なんでしょ？　魁が作るお弁当、会社でも評判いいのよ。彩《いろど》りも綺麗《きれい》だし、美味しいって。まさか男子が作ってるなんて思わないわよね」

そう言ってもう一つつまもうとするのを、魁は唐揚げの皿ごと避《よ》けて被害《ひがい》を防ぐ。

「違うだろ、弟に作らせてるとは思ってもいない、だろ？　デザイン会社に就職《しゅうしょく》出来るくらいなのに、なんでそんなに料理のほうは壊滅的《かいめつてき》に駄目《だめ》なんだよ？」

「本当よねー、私も不思議だなーって思ってるのよ。でもよかったわよね」

「何が」

「小さい頃からキッチンでお母さんの料理を手伝っていたお陰で、魁はそんなにお料理が上手《じょうず》になったんだから。魁は料理好きのお母さんに感謝しなさいよ？　こんな美味しいお弁当が作れる男子なんて、イマドキの女子にはモテ要素《ようそ》じゃない？」

「え？　う、うん…あれ？」

真結の言う通り、魁は幼い頃からキッチンに立つ母親の料理の手伝いをしている。

隣《となり》で愉《たの》しそうになんでもこなす器用な魁に、母親が簡単なお菓子作りから教えた。

そのうちに魁自身が料理の面白さに目覚め、小学校の頃には父親のお弁当を時々任されるほどになっていたのだった。逆に姉の真結は人並み以上の努力を重ねて頑張ってはみたのだが、料理のセンスは「かなり残念」以上のレベルにならなかったことを本人も自覚している。

「ハンバーグも碌《ろく》に出来ないのに、なんで見合いなんかするんだよ…」

「話聞いてた？　見合いしたくないから、代わりに行ってきてってお願いしてるんじゃない」

「だからなんで男の俺が行かなくちゃいけないんだよ。あとお願いに聞こえない」

「行って、断ってきて欲しいのよ」

「嫌なら自分が断ればいいだろ？」

「自分で断れるなら、魁に頼んだりしないわよ。お見合いの話を持ってきたのは、取引先さんなのよ。まだそんなつもりはありませんって一度断ったんだけど、会うだけでも…って押しきられて断れなかったの」

「じゃあ諦めて会ってくればいいだろ？　会ってから断っても…」

「知らないの？　お見合いってね、会いに行ってしまう時点で相手との結婚を承諾《しょうだく》してもいい、って意思表示になっちゃうのよ？　断りきれなかったら困るじゃない」

「高校生の俺が見合いの約束事なんか、知るわけないだろ…。断りきれなかったら、何が困るんだよ？　もうすぐ三十なんだし、良さそうな相手なら結婚したって…痛《いて》っ」

真結に足を蹴《け》られ、魁の言葉は最後まで続かない。

「まだ二十三歳です。好きな人がいるのに、見合いなんかするわけないでしょ⁉」

「じゃあそう言って、見合い相手に断れよ？」

女性との会話は妙《みょう》なループが続くので、なかなか話が先に進まない。

お見合いが嫌で、自分には好きな人がいるのなら、どうして引き受ける前に断れないのだろう？　紹介者が取引先の相手でも、自分の一生に関わることなら無理強いはしないはずだ。

いや、無理強いされているから断れない見合いになったのだろうか？

ならば会うだけ会って、事情を話して断ったほうが余程誠実《せいじつ》だと思うのだが。

「だから会いに行きたくないんじゃない」

「相手だって約束の日に、待ち合わせ場所にわざわざ来るんだろう？　取引先？　の人のメンツがあるなら、見合い相手本人に事前に事情話して、向こうから断って貰ったらいいんじゃねーの？　姉貴が振られたんだから、紹介した人にだって迷惑かからないだろ」

「それが…先方さんが私のことを気に入ってくださって、とても乗り気なんですって。だから二人きりで会いたくないし、会ったら尚更《なおさら》断りにくい」

「あー…」

弟の贔屓《ひいき》目を差し引いても、真結は可愛《かわい》らしい女性だった。美人だが愛嬌《あいきょう》があり、賢いのにどこか抜けている部分があって、つい庇護《ひご》欲《よく》を掻《か》きたてられるところがある。

そんな理由で学生の頃から男性からのアプローチもひっきりなしなのだが、本人はちやほやされることに驕《おご》らず身持ちが堅《かた》い。

「それならメールは？　メールだと誠意がないと思われるなら、家の固定電話からとか」

「私の連絡先を伝えるのが嫌で、教えてない。だから向こうにも訊《き》いてない」

不本意な男性から強引に言い寄られた経験もあることから、連絡先を知らせていないという真結の用心深い行動も魁には理解出来た。モテ過ぎて、困ることのほうが多いのだ。

だから真結は中学から短大まで女子校一貫《いっかん》で通い、魁もまた比較的《ひかくてき》似たような理由で男子校に通っていた。

「都内でも指折りの進学校に通えるくらい魁は頭もいいんだし、会って上手に断ってきて欲しいのよ。魁は私と似ているし、きっと大丈夫だから」

「俺の頭と顔は関係ないだろ…それに大丈夫の根拠《こんきょ》が全く判らない」

真結は顔の前で拝むように両手を合わせてお願いする。

「そこをなんとか。姉はお見合いする気はありません、ごめんなさいって。ね、お願い！もう魁しか頼れないの」

駄目押しにそう言われて、姉思いの魁に断れるわけがない。それが姉の策略《さくりゃく》だと判《わか》っていても、だ。

「判った、行ってくればいいんだろ…」

そう言って魁は渋々、見合いの待ち合わせ場所に行くことに同意するしかなかった。

●●●

翌日、魁は見合いの待ち合わせ場所にいた。

都内某《ぼう》駅の改札を抜けた少し先。

「見合いが翌日《つぎのひ》なんて聞いてないぞ…せっかくの俺の土曜日が」

交通費という名目で小遣いを真結から貰った手前、ドタキャンするのも気が引ける。何よりもう、待ち合わせ場所に来てしまっているし。

それ以前に仕事繫《つな》がりで断りきれないから、弟の自分がここに派遣されているのだ。

先方に失礼のないよう、ちゃんと会ってから帰らなければならない。

「これが終わったら電気屋寄って、新しいスマホの機種見てこよう。あー、もうちょっといいバイトしないと、予定までにお金貯まんねーかな」

魁がいるのは私鉄の西口改札。オフィス街として有名な駅で、一番大きな改札は土曜日の今日でも人が多かったが、待ち合わせに指定された改札側は見渡しても数人の人がいるだけだった。

スマートフォンで時計を見ると、約束の時間まであと二十分ほどある。

「…」

相手は時間通りに来るタイプの人だろうか？　それとも早めか…遅刻しても平気なタイプか。相手の人となりが判らないので、どのタイミングで来るのか判らない。

魁が知っているのは唯一《ゆいいつ》、見合い相手の名前だけだった。

待ち合わせするのであればせめて顔写真くらいあってもよさそうなものだが、最初から行く気のない真結はメールで送られてきた相手の顔写真を見る前に捨てたという。

周囲を見渡すと週辺案内図の前で何か話している二人の女性と、近くのコンビニに行くようなかなりラフな格好《かっこう》をした大学生風の男性、そして自分より二メートルほど離れた場所に半袖《はんそで》にネクタイを締めたサラリーマン然とした男性だった。

魁は暇《ひま》に任せてぼんやりとその男性を見るともなしに観察する。

「…もしお見合いするなら、それなりにきちんとした服装で来るよな」

そう考えて改めて見渡すと、該当《がいとう》しそうな人物はサラリーマン風の男性一人くらいだ。

「…」

もしかしてこの人が待ち合わせの人かも知れないと思った魁は、自分のスマホを操作するふりをしながら改めて隣の男性をそっと窺《うかが》った。

背の高い男性だ。魁は百七十を少し超したくらいだが、それよりも余裕《よゆう》で背がある。

全体のバランスがよく、均整《きんせい》の取れた痩身《そうしん》な男性だ。仕事中だと言われても違和感《いわかん》のない清潔そうなワイシャツ姿の服装も彼の姿勢のよさを際立《きわだ》たせていた。

天気はいいが、蒸し暑い一日になりそうな気温の中で暑がりもせず涼し気にしている。革靴《かわぐつ》も磨《みが》かれて綺麗だし、左手首に嵌《は》めている腕時計もおそらくブランドものだ。どんな顔をしているのか、魁は好奇心《こうきしん》に負けて顔を上げた。

「……！」

その途端《とたん》、タイミングよくこちらを見た男性と目が合ってしまう。行儀《ぎょうぎ》悪く見過ぎたために、魁の視線に気付いてしまったのだろうか。

魁は気まずさに、慌てて反対を向く。もし隣の男性が見合いの相手だったとしたら、これでは心証《しんしょう》が悪くなってしまう。

魁は男性と目が合ってしまってまだ動揺《どうよう》している自分に驚《おどろ》きながら、気持ちを落ち着けるためにもう一度スマホの時間を確かめる。まだ、五分も経《た》っていない。

…想像以上に端整《たんせい》な顔立ちをした、ハンサムな男性だった。きっと女性にモテるだろう。ワイルドとか精悍《せいかん》なというタイプではない、不思議な雰囲気の爽《さわ》やかそうな男性だった。

「…ん？」

男性から顔をそらせてしまってから、魁は我に返る。真結の代わりに自分がここへ来ているのだから、隣にいる男性に自分が待ち合わせの相手だとバレてしまうわけがないのだ。

そう思い至った魁はちょっと安心して、もう一度時間を確認してから改札方向を見る。

電車が到着《とうちゃく》して利用客が出てきたが、今度もそれらしい人はいない。

「…うん」

魁がすることは会って謝《あやま》るだけなので、もし隣の男性が約束の相手なら自分から声をかければ早く済む。

もし男性が約束の相手ではなかったとしても、時間になれば本当の相手は来るのだし、来なければ帰るだけだ。

どうせなら見合いの相手が隣にいる男性のような男前だったらいいな、という思いが魁の背中を押す。男の自分でもそう思うのだから、ハンサムは色々大変なんだろうな…そんなことを考えながら魁は改めて男性へと近付いた。

訊くだけ、訊いてみよう。間違ったらきちんと謝ればいいだけだ。

「突然すみません、もしかしてあなたは長谷川《はせがわ》さん…ですか？」

「そうだけど…君は…カイ君？」

ビンゴ！　男性の返事に魁は表情を明るくした。やっぱりこの男性だったらしい。

「！　はい、そうです。今日の十時に待ち合わせをしていた…どうして俺の名前を？」

男性は想像よりも低くて、そして耳に心地好《よ》い声をしていた。

真結の見合いの相手・長谷川は、改めて魁を見ると優しく笑う。

「一応話は聞いていたからね。初めまして、俺は長谷川といいます。どうぞよろしく」

柔らかな口調で挨拶《あいさつ》され、魁は思わず学校でする挨拶のように姿勢正しく頭を下げた。

「あ、はいこちらこそ！　魁といいます」

「よろしく、カイ君」

苗字は知っているはずだし、同じ苗字の真結との区別のために下の名前で呼んでくれる長谷川の気遣いが、なんだか自分も大人の扱いをして貰ったようで嬉《うれ》しくなる。この場合、下の名前で呼ばれていることは親しさの表れのように感じて、気になるカテゴリに入らない。

真結がどんな男性を好きなのか魁は知らないが、もし見合いの相手がこんなイケメンだと知ったら、たとえ最初から断るつもりでも会うだけは会ってみようと思ったはずだ。

魁は男だが、自分でも勿体《もったい》ないと思う。

「今日は朝に抜けられない仕事の打ち合わせがあって。こちらの都合で、こんな何もない駅にわざわざ来させてしまうことになって、悪かったね」

改めて長谷川に詫《わ》びられ、魁のほうも申し訳ないまま頭を下げる。

特殊《とくしゅ》な事情がなければ、見合いをする相手は異性だ。

それなのに待ち合わせに来たのが男の魁なら、本人ではないと言わなくても判るし、相手は見合いをする気持ちがない、というはっきりとした意思表示になってしまっている。

だから真結は話が早く済むように、弟の自分をここへ来させたのかも知れないと魁はようやく思い至った。

「こちらこそ、お仕事忙しいなかわざわざ時間を作って貰ったのに本当にすみません」

だから魁はそう、心から頭を下げた。

「顔を上げて、カイ君…カイ君って呼んでも？」

「あ、はい。俺のことは好きに呼んで下さい」

魁が了承《りょうしょう》に頷《うなず》くのを待って、長谷川は穏やかな笑顔を浮かべたまま続ける。

「うん。じゃあカイ君。約束は以前からあって、今日は来る予定でいたんだ。もしこの約束がなくても、この場所へ来ていたから君は気にしないでいいよ」

「だけど…すみません」

見合いを嫌がった真結の事情も判るが、長谷川が向けてくれた言葉に自分の謝罪だけでは足りないような気がして、そしてもし自分が大人ならもっと心のこもった言葉で伝えられるのにと悔《くや》しい気持ちになる。

魁は学校でも進学クラスで成績も上位だが、こんな時に出る言葉は経験によることが大きい。もし言葉を知っていても、咄嗟《とっさ》には使えないのだ。

「その気もないのに、約束だけしてしまって…すみません」

だから魁は、もう一度だけ深く頭を下げた。

「いや、話を受けた俺のほうにも責任はあるよ。だからこの話はもう、おしまいにしない？」

「そうですね、えっと…じゃあ、俺は」

これで解散なんだと、魁は一歩後ろへ下がる。

すると長谷川は訊《たず》ねるように首を傾《かし》げた。

「…今日は、何か予定があるの？」

「え…？　いや、特にはないです。新しいスマホが出てるから、それを見に行こうかと…」

つい素直に答えてしまった魁へ、長谷川は頷く。

「じゃあそれにもつきあうから…せっかくわざわざここまで来てくれたんだし、もう少しだけ一緒にいない？」

「え…でも、ご迷惑じゃ…」

驚きと困惑《こんわく》を隠せない魁へ、長谷川はやんわりと首を振りながら言葉を重ねる。

「迷惑ならわざわざ言わないよ。カイ君と比べると俺はおっさんだから、どこかへ一緒に出かけるのは恥ずかしい？」

「まさか！　そんなことは絶対ないです…！　むしろ俺のほうこそ、です」

魁の言葉に、長谷川は改めて笑顔に表情を崩《くず》した。そのままでも優しい顔立ちだが、笑顔になると少し可愛い印象になる。一見はきり、としたストイックな印象なのに。

自分より年上だと判っている同性に対して可愛いという表現は失礼かも知れないが、そう見えたのは本当だ。

長谷川の笑顔に惹《ひ》かれたのもあって、なんとなくすぐに別れ難《がた》い気持ちになっていた魁はその誘《さそ》いに応じた。

「さて、どこに行く？　カイ君はお腹空《なかす》いてない？」

「もしかして長谷川さん、朝ご飯食べてないんですか？」

察《さっ》しのいい魁に、長谷川は少し照れ臭《くさ》そうに笑いながら頷く。

「うん。朝ご飯はいつも食べる派なんだけど、今日は急いでいたから」

「それなら先に軽く何か食べましょう。俺も食べられますから。移動はそれからで」

「そう？　じゃあご馳走《ちそう》するよ。とはいえ、確かこのあたりは土曜日は店が閉まって…カイ君、カレー好き？」

「カレー？」

「そう。ナンで食べるカレー。インドカレーとも言うかな。ナンで出してくれるお店があって、そこなら土曜日でも開いているはずなんだ」

もしよかったらと丁寧《ていねい》に言葉を足され、魁は表情を明るくした。

「俺、ナンのカレーって食べたことないです。辛《から》いですか？」

「辛さは調節出来るから大丈夫だけど…辛いの苦手？」

「いえ、その逆です。姉貴の…姉のほうが破壊的《はかいてき》に辛いのが好きですけど」

言ってしまってから、ここでドタキャンをした真結の話をするのは不作法過ぎたかと、魁は自分の口元に手をやる。

「女性は辛いのが好きな人多いよね。俺の会社の取引先さんでも、激辛《げきから》好きな女性がいるよ。こっちの改札からだと少し歩くけど…いいかな？」

「はい」

長谷川の案内に、二人は並んで歩き出す。

「大人だなあ…」

魁の失言に気付かないふりをしてくれる長谷川に、魁はついそんな言葉が零《こぼ》れてしまう。

「え？」

「あ…！　いえ、その…スーツとかネクタイとか、長谷川さんは様《さま》になってるなあって」

「そう？　多分カイ君と十歳は離れてないと…思うけど」

「はい。俺の学校もブレザーにネクタイなんですけど、やっぱり全然違う」

「高校生かー、若いなあ」

しみじみ呟《つぶや》いた長谷川に、魁は指を立てる。

「三年になります。先月自動車の免許取ったんですよ。一発でした。だから車欲しくて、今バイトして貯金中です。浪人しないで大学入れたら、父が半額出してくれる約束なんで少し楽ですけど。それでも半分は貯めないといけないので」

「受験生かー。勉強しながらのアルバイトだと大変だろう？」

「塾《じゅく》にも行ってるし、バイトは夏休みくらいまでの約束です。今のところ一応推薦枠には入れている成績なので、余程順位を落とさなければまあなんとかなるかな…くらいだから、かなり呑気《のんき》な受験生ですよ」

「そうか、それはよかったね。…今の若い人はあまり車欲しがらないって聞いていたけど」

長谷川は魁の歩みに合わせながら道案内していく。長谷川との会話が弾《はず》んで愉しく、彼が言うほど駅からの距離を感じなかった。

「あー、確かに興味ないクラスメイトも多いですね。進学クラスだし、塾のほうが大事って奴《やつ》が多いかな。でも取っておけば一生の資格だし、身分証明書にもなるし。…それに」

「？」

「乗れないのと乗らないのは、結果が同じでも天地の差がある。資格は持っていても、人生の荷物にはならないって以前教えて貰って」

「なるほどね、それは至言《しげん》だな。でも自動車免許取得は学校で駄目って言われなかった？」

「はい、俺の学校は大丈夫でした。私立なんですけど、一人で乗らなければって」

「そうか、いいなあ。俺の学校は在学中に免許の取得は駄目だったんだよ。だから大学に入ってから取ったよ。まあ大学で取れたから、仕事でも不自由はないけど。学校どこ？」

「私立鷺ノ宮《さぎのみや》高校です」

「鷺ノ宮？　都内でも指折りの進学校だね。…はい、到着。ここだよ」

趣《おもむき》のある店の前に到着し、長谷川が先にドアを開けて中へと入る。

鼻筋の通った少し浅黒い、外国人と判る男性が笑顔で二人を出迎え、片言《かたこと》の日本語を喋《しゃべ》りながら窓側の席へと案内してくれた。

様々な香辛料《こうしんりょう》の匂《にお》いがする店内には不思議な異国の曲が流れ、壁にもインドの神様のタペストリーがかけられている。木材に黒い塗料《とりょう》が塗《ぬ》られ、カレーがメインの店らしい内装《ないそう》だった。まだ開店時間から間もないのか、店内には魁と長谷川の二人だけである。

どうやら顔見知りらしく、グラスとメニューを持ってきてくれた先程の店員が親し気に長谷川に話しかけている。英語だが訛《なま》りが強く、魁には聞き取れない。

「違うよ」

長谷川は苦笑いしながらはっきりと日本語で告げ、店員は信じていなさそうに肩を竦《すく》めてからメニューを開いて渡してくれた。

店員が席を離れてから、魁は少し抑《おさ》えた声で訊ねる。

「長谷川さん、さっきなんの話をしていたんですか？　違う、って」

「今日は可愛い子と一緒だけど、彼女？　って訊かれたんだよ」

「…！　俺、男ですよ？」

「うん、だから違うって返事をしたんだ。この店はたまに来るんだけど、一人が多いから」

長谷川を真似《まね》、自分もメニューを開く。見本写真と共に、沢山のメニューが書かれていた。どれも美味しそうに見えて、魁は選べない。

そんな魁に長谷川はナンと好きなカレーのセットで中辛を勧《すす》め、自分は激辛をオーダーする。ドリンクとデザートまでついているセットだ。

「ここは自家製のナンも美味しいって評判なんだよ」

最初に届けられたドリンクを飲みながら、魁は改めて店内を見渡した。

「なんか、不思議な内装のお店ですよね」

「カレー専門店なんだけど、アフリカの置き物があったりちょっと多国籍《たこくせき》っぽい。夜に居酒屋になって、いろんな国のビールを提供したりしてるんだよ」

「長谷川さんもよく飲みに来るんですか？」

「仕事の取引先さんとたまにね。遅くまでやっている店だから」

「長谷川さんはなんのお仕事されているんですか？」

「俺？　俺は設計事務所で、図面ばっかり引いてるよ」

「設計…長谷川さん、なんかそんな仕事のイメージです」

「そう？　小さい頃は病弱でね、大人になっても座って出来る仕事に就《つ》こうと思って。だから子供の頃は家の中で出来る遊びばかりしていたんだよ。今で言うとボードゲームとか」

長谷川の話に、魁は瞳を輝かせた。

「俺、ガキの頃から体頑丈《がんじょう》で病気もしたことないですけど、ボードゲーム大好きです」

そして長谷川もまた、魁の返事に驚いて表情を崩す。

「凄《すご》いな、こんなところで同志に巡り会うとは。でもカイ君くらいの年齢《ねんれい》だと、いくらでも凄いグラフィックのゲームってあったと思うけど」

そう言って長谷川は有名なゲームのハード名を指折《ゆびお》り数えた。

「はい。でもあれって基本一人でプレイするか、同じゲームソフトがなければ友人と遊べないじゃないですか。長谷川さんが名前を挙げた据《す》え置きタイプだと、リビングのテレビを占有しちゃうから好きな時に出来ないし電源も必要だし」

「確かに」

「だけどボードなら電源は要らないし、誰かがいれば媒体《ばいたい》介さなくても一緒に遊べるし！　だからソフトを使うゲームも遊びますけど、ボードのほうが好きです」

長谷川は頷きながら、魁の言葉に自分を指差す。

「俺も」

魁は学校や家庭以外で、自分よりも十歳近い年上の男性とプライベートでこうして話すことは殆《ほとん》ど経験がない。

だからこうして長谷川との話が弾むのが不思議で、そして愉しかった。

勿論《もちろん》それは大人の長谷川が若い魁に合わせてくれているのだと判っていても、喩《たと》えるなら年上の幼馴染《おさななじ》みと久し振りに会ったような懐かしさと親しみのようなものを感じてしまう。

その時タイミングよく、店員がオーダーしていたカレーを届けてくれる。

「おぉ、本物のナンだ」

金属製のプレートには三種類のカレーとサラダ、そしてプレートからはみ出るほどの大きなナンが載せられていた。同じプレートにサフランで色づけしたライスも載っている。

想像していたよりもずっとボリュームがある。

「いただきまーす」

一応スプーンとフォークもついているが、長谷川がナンを手でちぎって食べ始めたのを魁も見よう見真似で食べ始める。

ナンを食べやすい大きさに手でちぎり、カレーを掬うようにして口に運んだ。

「…ん、美味しい！」

驚いたように思わず出た一言に、長谷川がちょっと得意そうに笑った。

「それはよかった」

食べたカレーは美味しく、それ以上にナンももっちりとした歯ごたえで美味しい。

「こっちも食べてみてご覧」

「いいんですか？」

「どうぞ。味見して貰おうと思って激辛にしてるからね。それに変な病気も持ってないから、大丈夫…ってあれ、これって結構オヤジギャグ？」

「俺達も使いますよ、それ。じゃあ遠慮《えんりょ》なく戴きます」

長谷川がオーダーした三種類カレーのうち、二つは魁と同じものだ。一口で美味しいと判ったこのカレーが激辛になるとどうなるのだろう、その好奇心が遠慮に勝ち、新しくちぎったナンに長谷川のカレーを少し貰って食べる。

「美味し…辛っ！　美味しいけど、辛い！　激辛って、こんなに辛いんですか？」

美味しいのが判るが、それ以上に辛みが口の中に広がってしまってきちんと味わえない。

店員が急いでおかわりを持ってきてくれた水を飲んでも辛くて、魁は涙目になる。

長谷川は魁が食べたカレーをつけたナンを口に入れ、ちょっと眉《まゆ》を寄せた。

「あ、ごめん。このカレーが当たりだったみたいだ」

「え？」

「店の人が勝手にオーダーの辛さ以上にして出すんだよ。こっちのは普通に辛いけど…大丈夫？」

「はい、大丈夫です…びっくりしただけで、馴れたらクセになりそうな辛さですよね。カレーの味そのものを愉しみたいなら、中辛くらいがちょうどかも？」

「多分ね。こっちは大丈夫だから、もう一度試してみて」

長谷川に再度勧められ、違うカレーを食べる。

「あ、こっちは凄く辛いのが美味しい！」

表情を明るくする魁に安心して、長谷川は笑顔を浮かべた。

「それはよかった」

「これ、どういう風に作るんだろう？　やっぱり家庭だと作りにくいのかなー」

気持ちよくカレーを食べながら、魁は半分独り言のように呟く。

「言えばレシピを書いた紙をくれるけど、家での再現は難しいみたいだよ」

「そうなのか…やっぱり香辛料とかのバランスかなー」

「だから美味しいのはお店で食べて下さい、ってことかも」

「！　そうか、なるほど。本当に美味しいし。美味しいお店に連れてきてくれて、ありがとうございます、長谷川さん」

「どういたしまして。俺も誰かと一緒に食事が出来るのは愉しいし」

育ち盛りの若者らしく豪快《ごうかい》だが美味しそうに食べる魁の様子に、微笑《ほほえ》ましい気持ちで笑った長谷川も再び手を動かしてカレーを口に運ぶ。

「…」

男性的で上品な所作で食べる長谷川に、魁は見惚《みと》れたまなざしを向ける。

形のよい手をしているからなのか、とても綺麗な食べかたをする男性だ、と思う。だからずっと見ていても飽《あ》きない。そしてすらりとしていて、とても器用そうな手だ。

「…？」

魁の視線に気付いて、長谷川が顔を上げる。

「あっ…！　いや、えーと…！　そういえば長谷川さんは、特に好きなボードゲームとかあるんですか？」

「んー…どれが特に好き、っていうのはないかな。どれも好きで…カイ君は？」

「俺ですか？　リバーシが一番です。最初はじーちゃんに囲碁《いご》を教えて貰って、盤《ばん》に並ぶ白黒が綺麗だなーって思って、でもガキだったんで囲碁はまだちょっと難しくて。リバーシってゲームがあるのを知って嵌りました。幼稚園の頃ですけど」

リバーシは裏と表が白と黒の平たくて丸い駒《こま》を、八×八の碁盤《ごばん》に引かれたボードに順に相手の色を挟《はさ》むように置いていくゲームだ。自分の色が挟まれてしまったらひっくり返す。相手の駒を挟める場所にしか置くことが出来ず、最終的に自分の色が多く残っているほうが勝ち、というシンプルなゲームだ。ルールは簡単なので、年齢問わず遊ぶことが出来る。

世界的にはリバーシと呼ばれているが、日本では別名の商品名のほうが通じやすい。

「盤に並ぶ色が綺麗、っていうのはなんだか判るなぁ」

「ですよね…！　俺の色に染めてやるぜ、って気になるんです。勝つと気持ちがいいし」

「カイ君強いの？」

長谷川に問われ、魁は笑って頷きながら即答する。

「小中、そして今の高校でも対戦して負けたことないです。去年の学園祭も、俺と勝負して勝てたら景品プレゼント、みたいな出店でした。人気だったから今年もそうなるみたいで」

「じゃあ、強いんだね。でもそれだとせっかくの文化祭、遊びに行けないね」

「いや、でも俺ラスボス扱いにして貰っていたんで。クラス分けしてて、勝ち抜けしたら最後に俺、って感じだったんです。勿論いきなり俺指定でも来ましたけど…先生とか」

魁の口調から結果が判っていても、長谷川は敢《あ》えて訊いてみる。

「先生にも勝てた？」

「勝てました。ジュニアの大会で勝ったことがある先生で、自信があったのにって」

「凄いな、それ。カイ君とリバーシ、プレイしてみたいな」

「あ、俺も！　長谷川さんとしてみたいです。旅行先とか、他の遊ぶものがない時にしか皆やってくれないし、友人達は俺とはしてくれないし…かといって手を抜くのもつまらないしで…ってなんか俺、強いぜ自慢《じまん》しているみたいでイヤらしいですね」

大人の長谷川を相手に、自分は一体なんの自慢話をしているのだろうと魁は急に恥ずかしさを覚えて顔が熱くなる。だからナンをむしって、乱暴に口に入れた。

「…判るよ」

「え？」

何を言われたのかと思い、顔を上げると長谷川が真《ま》っ直《す》ぐ自分を見つめている。

そんな魁へ、長谷川は目を合わせたまま穏やかな声で繰り返した。

「遊びたいのに、一方的に強いと遊んで貰えなくて、つまんないよね。だから相手に合わせて多少手を抜くしかないんだけど、それはちょっと違うよな、って」

「…！」

上手に自分の気持ちを汲《く》んでくれた長谷川に、魁は忙《せわ》しなく頷く。

無言だったのは、口の中にナンが入っていて喋《しゃべ》れなかったからだ。

「…うん、やっぱりカイ君と一度プレイしてみたいなぁ」

「長谷川さん、強いんですか？」

「いや、どうかな。実は強い人のプレイを観るのが好きなんだ。だから俺では対戦相手としては弱いかも知れないけど、カイ君つきあってくれるかな」

「はい、俺でよければ遊んで下さい…！　あ、でも…」

愉しくて忘れそうになっていたが、長谷川は姉の真結が嫌がって拒《こば》んだ見合い相手だ。

今日は真結にその気がないから自分がここへ訪れて断りに来たのであって、普通に考えたらもう会うことはない。

もし真結が長谷川と見合いをして気が合っていたら。もしかしての未来に、目の前に座るこの長谷川が自分の家族になったかも知れないのに。

そう思うと魁はがっかりした気持ちになる。それと同時に真結が来なかったからこそ、今自分はここにこうして一緒の時間を過ごせるのだ、という現実に、残念なようなこれでよかったような複雑な思いが交差《こうさ》する。

「…こんな知りあいかただけど。もしカイ君がよければ、こうしてまた会わない？」

まるで心を見透《みす》かしたような長谷川の誘いに、魁は頷きかけて躊躇《ちゅうちょ》してしまう。

「！　でも、長谷川さんにご迷惑じゃ…」

どこの世界に自分との見合いを蹴った相手の弟と、また会おうと約束する男がいるのか。いくらなんでもお人好し過ぎないだろうか。

だから頷きたくても頷けない魁へ、長谷川は言葉を重ねた。

「迷惑なら、言わないよ。俺はまた、カイ君と会えたらいいと思ってるんだけど」

「…」

これは彼の社交辞令《しゃこうじれい》だろうか？　だが長谷川は他人から自分をよく見て貰いたい、という欲求はあまり強くないような気がする。

魁は続けられた言葉に舞い上がりそうになりながらも、了承《りょうしょう》して長谷川に迷惑をかけてしまったらと思う気持ちのほうが強く働く。

「もう知りあったんだから、仲介者も必要ないし。カイ君が俺と会いたいと思ってくれるなら、そうして欲しい。でも今日まででもういい、ならそれはそれでかまわないよ」

頷きたくない、と判断されたのか、魁は急いで首を振った。

「違います！　今日だけじゃなくて、その…俺、また会いたい…です！」

「じゃあそうしよう。…誰にも遠慮はいらないのだから」

「…」

遠慮、という言葉に魁は自分でやっと納得する。

長谷川への迷惑も思ったが、それも含めて自分は遠慮をしていたのだ。

恐らくは真結に対しても。

「すみません、その…俺あんまりスマートじゃなくて」

「体軀《たいく》的にはとてもスマートだと思うけど？　よし、次回の約束もしたし…ご飯食べてからどこへ行こうか？　実は車が…」

その時長谷川の鞄《かばん》から、控えめな呼び出し音が響いた。

「はい、長谷川です。お疲れ様です」

張りのある独特の口調になった長谷川の声に仕事の連絡だと察した魁は、通話の邪魔《じゃま》にならないように口の中のものを烏龍茶《ウーロンちゃ》で静かに流し込む。

普通に喋る長谷川の声も魁は好きになっていたが、こうしてめりはりのある喋りかたも仕事が出来る大人の男性のようで格好いい。

「…っ」

…と、思ってしまった魁はなんだか急に恥ずかしくなり、もう一口だけ烏龍茶を飲んだ。

「はい、そうです。車を取りに○○駅近くにいますが…あー」

「？」

話をしていた長谷川が、物言いたげなまなざしを魁へと向ける。

「私が一番早くて確実ですよね。判りました、先方と確認を取って向かいます。連絡事項は全て私の携帯へまわしてください。はい、お願い致します。また夜に連絡します、はーい」

最後にのんびりとした挨拶で通話を終えた長谷川が、小さく溜息《ためいき》をついた。

「食事中に、ごめん」

「いえ、俺は大丈夫です。…あの、お仕事ですか？」

「うん、ウチの社長から。進行中の客先から設計変更の申し出があって、大至急の打ち合わせを希望しているって」

「じゃあ…」

急ぎの仕事なら、もう行かねばならないだろう。食事はまだプレートに半分ほど残っていたが、仕事の邪魔をしたくない魁は帰るために席を立とうとする。

「立たなくていいよ」

長谷川は自分のカレーを食べながら、魁へ座るように促《うなが》した。

「でも…」

「俺は今日休日だし、社長も先方もそれを承知してる」

「それでも連絡が入ったのなら、余程の急ぎってことじゃないんですか？　次の出勤を待っていられないから、ってことですよね」

聡《さと》く心配する魁へ、長谷川は首を振る。聞いていた内容は急ぎだったが、だからといって迅速《じんそく》な行動を迫られている緊迫感《きんぱくかん》も長谷川の態度や口調からは全く感じられなかった。

「食事を中断してまで対応しろなんて言われてないし、社長もそんなことは言わない人だよ。もしかしたら、ってある程度予測していた変更だし、こちらのミスでもないからそんなに急がなくても大丈夫。だからカイ君も、座って続きを食べていいよ」

「…はい」

電話がかかってこなかったかのように、先程と変わらず食事を続ける長谷川に、魁も再び腰《こし》を下ろす。二口目を食べてから、やはり心配になった魁は遠慮がちに口を開いた。

「あの…客先さん？　ってここから遠いんですか？」

「んー、それなりかな。でも…そうだ、カイ君」

「はい？」

「もしよければ一緒に来ない？」

「えっ⁉　俺がですか？」

「うん、元もとこの駅へは車を取りに来たんだ。お天気もいいから、ドライブでもって考えていたしね。…ちゃんと夜には帰りたい場所まで送り届けるから、一緒に行かないか？　もし遠方の外出にご両親の許可が必要なら、俺から連絡を…」

「い、いえ…！　それは大丈夫です。出かける先とか、自分の行動に関しては親から判断を任されてます。それに昨日から両親は二人で旅行に行っちゃってて、いないし」

長谷川に誘われ、正直まだ一緒にいたい…離《はな》れ難《がた》いと思い始めていた魁は二つ返事で頷きたい衝動に駆られる。だが長谷川は、仕事で行くのだ。

「だけど…お仕事なのに部外者の俺がいたら、ご迷惑です…よ…」

魁は、長谷川の誘いを額面通りに素直に受け止めていいのか判らない。

社交辞令なのだから断るのが礼儀？　本当に誘ってくれているのだとしたら、仕事をしている長谷川を見られるチャンスだし、出来れば一緒に行きたい。だけど…。

そんな魁の逡巡《しゅんじゅん》を、長谷川が払う。

「自分の仕事に、俺は社交辞令は持ち込まないよ。本当に大丈夫だから、誘ってる。一人のドライブだと眠くなっちゃいそうなんだ。隣にカイ君がいてくれれば話が出来るし、退屈もしない。…どうかな、とはいえ急な話だから無理強いは出来ないけど」

そこまで長谷川に言われ、魁は正直な気持ちを口にする。

「長谷川さん、俺でよければご一緒させて下さい。それで、お仕事で俺が邪魔な時は遠慮なく言って下さい。その時は一人で帰りますから」

「判った。その心配は絶対ないって保証するけど、約束する。ありがとう」

「いえ」

長谷川からお礼を言われるのが不思議で、そしてふわふわとした気持ちになる。

「じゃあ早めにご飯食べて移動しよう。遅くなってしまったら夕食もご馳走するから。…あ、それは経費扱いで領収書切って貰うから、カイ君は遠慮しなくていいからね」

「いや、でも…それって…大丈夫なんですか？」

「いいの。せっかくの休みの日に仕事へ行けって言ったのは社長なんだから、それくらいは出して貰うし、文句言われないから。愉しいドライブにしようよ」

「はい」

魁が頷くの見てから長谷川も笑って頷き、出かけるために早めに食事を終わらせた。


「昨夜つきあいで飲んでしまって、どうせ午前中に打ち合わせがあるからいいと思って車を置いて帰ったんだ。結果的には会社まで一度、車を取りに戻る手間が省《はぶ》けてよかったよ」

食事を終えた二人は、店からもう少し奥まったコインパーキングへと入っていった。

店を出るとすぐに長谷川は先方へと連絡を入れ、これから向かう約束をしている。

長谷川も最初から出かけるつもりでいる様子を見ると、電話で簡単に済ませられる内容ではないと承知しているようだ。

「駅から遠いのに、こんな場所にもコインパーキングってあるんですね」

土曜日のせいなのか停めてある車は多くはないが、高級車も並んでいる。

「こんなビジネス街で客先のところへ車で来ると、停められる場所があるのは有難いからね。平日はいつも満車状態なんだよ。ここは他の同じような場所よりは停めやすいし」

先に精算機で精算を終えた長谷川はそう説明すると、一台の白い車の前に止まった。

車の先端に輝くのは、日本でも馴染みの深いスリーポインテッド・スターのエンブレム。

「…ベンツ？」

「そう。社用車。丈夫で頑丈だよ。どうぞ」

そう言って長谷川はドアを開け、魁を助手席へと座らせる。

広い車内は車独特の匂いもなく、シートも心地好い快適な空間になっていた。

長谷川が運転するベンツは公道に出ると力のある気持ちのよい走行で、車が欲しいと思っていた魁はワクワクしてしまう。設計上エンジン音は静かだが、パワーがあるのが判る。

「会社でも、外車が社用車になったりするんですね」

「経費対策だけどね、選車は社長の趣味も半分あるかも。専用で使わせて貰っている車だから、安く買い取ってもいいよって言われてる」

「設計事務所ってそんなに儲《もう》かるんですか？」

「あー、どうだろう？　ウチは割と儲かってるのかな。以前は別の設計事務所にいたんだけど、そこよりは破格《はかく》の条件で転職させて貰ったから、儲かってるかも」

「…長谷川さん、もしかしてヘッドハンティングで今の会社に？」

土曜日の昼、都内の混雑具合はそれほどではない。長谷川はスマートな運転で、すんなりと高速道路に入っていく。

車にETCが搭載されているので、ゲートで一時停止して支払いをする手間がない。

高速に入ったので遠方のようだが、どこまで行くのだろう。

「俺が前の会社を辞《や》める話を聞いた今の社長が…社長とは以前から顔見知りだったんだけど、辞めるならウチの仕事手伝ってよって言われて、そのままなし崩しに会社変わった感じ。やっている仕事は全く変わらなかったから、あんまり転職した気がしてないよ」

「でも声をかけられたのなら、長谷川さんが優秀だったからじゃないんですか？」

「いや、広いようで狭《せま》い業界だから割とあることだと思うよ。…前の会社もそれなりに居心地はよかったんだけどね」

「…」

では何故《なぜ》その会社を辞めてしまったのか。話の様子だと、次の転職先が決まってからのことではないようだが。

転職の理由を知りたい好奇心に魁は駆られたが、何か事情があるような長谷川の口調に初対面の遠慮もあり結局は立ち入ってまでは訊けなかった。

「転職したら、こんないい車も乗れるしね？」

ハンドルを握《にぎ》りながら、長谷川は惚《とぼ》けてウィンクする。

「他の野郎がそんなことしたら、どん引きしそうなのに…」

「あれ、やっぱり駄目かな」

「長谷川さんだと格好いいのでＯＫです」

真顔でそう告げる魁に、長谷川は声をあげて笑う。

「！　ありがとう…！　若い人に褒《ほ》められて、嬉しいな」

「…」

いや、魁は本当に格好いいと思ったのだ。

季節柄もう暑いのでエアコンを入れている。スピードを出し過ぎているわけでもないのだが、長谷川の運転する車は次々と他の車を追い越して窓越しの景色が滑るように速い。

「そういえば、どこへ行くんですか？」

「ごめん言ってなかったね、目的地は奥日光《おくにっこう》だよ」

「奥日光ですか？」

「そう。時間があれば、少し観光もしようよ。奥日光行ったことある？」

「中学校の遠足以来です」

長谷川は魁を安心させるためなのか、道路状況だけを案内していたカーナビへ音声入力で行き先を告げた。

『目的地まで、およそ二時間十分です』

「意外に早く着ける…かも？」

「そうなんですか？」

「うん、高速降りたら、山側へ向かう手前の駅周辺が混むんだよ。週末だしね」

「奥日光、今の季節なら暑いより涼しい…ですよね？」

「そうだねえ。山は特に涼しいよ、もう避暑地。まあ、のんびり行こう」

さっき先方へ連絡を入れていた時とはまるで別人のように、おっとりとした口調の長谷川に魁は自然に笑いが浮かぶ。

「お仕事で向かうのに、そんなにゆっくりでいいんですか？」

「行くと判るけど、ゆっくりで大丈夫。着いたらすぐ仕事だから、のんびり行くからねー」

思いがけなく長くなりそうなドライブに、魁は目的地への期待と共に胸が膨《ふく》らむ。

到着するまで、二時間もこうして長谷川の隣にいられるのだ。

天気に恵まれた土曜日だったせいか結局到着までに三時間を超えてしまったが、長谷川と他愛《たあい》もない話をしていた魁は、それが一瞬のことのように長いとは感じなかった。

午後遅く、だが夕方にはまだ少し早い時間に、長谷川の運転する車はようやく目的地に到着する。車は『緑《みどり》の森《もり》ホテル』と看板のある駐車場へと滑るように入っていく。

「はい、お疲れ様。到着したよ」

「ここは、リゾートホテル…ですか？」

周囲はぐるりと白樺《しらかば》の林で囲まれ、一目でリゾートホテルと判るデザインになっていた。

建物自体はそう大きくはないが、ここまで山の道を車で通ってきて魁が見たホテルの中で暖かみがあって一番綺麗な宿泊施設に見える。建物もまだ新しいようだ。

「そう。今度このホテルの分館《ぶんかん》が建てられることになってね。その設計を任されたんだ」

「え!? それって凄くないですか!?」

驚く魁に対して、長谷川は終始のんびりとしている。

「いや、普通じゃないかなぁ。ホテルだけど客室数も二十五部屋で、そう多くはないから」

長谷川に外からドアを開けて貰った魁は車から降り、改めてホテルを見渡す。

「俺設計のことは詳しく知らないですけど、ホテルの設計を任されるなんて凄いです」

「ウチの社長が設計でも有名な人でね、以前大きな駅の再開発ビルの設計にも携わった関係で割とホテルとか…ビル設計の仕事が多く来るんだよ。得意な設計会社だと思われているみたいだね」

「俺、設計会社って注文住宅とかのお仕事ってイメージでした」

ビル設計に強いと思われている会社で担当を任されたのなら、長谷川は凄く仕事が出来る男なのかも知れない。

「一般の注文住宅も設計するよ。依頼があれば大概《たいがい》の設計はするかな。このホテルも何年か前にリニューアルされたんだけど、その時に社長が設計してね。俺が入社する前だけど、話は聞いていたから。そんな縁もあってウチの会社に依頼が来たんだ」

「家族旅行でもこんな素敵な雰囲気のホテル、泊まったことないですよ。ブランドイメージを崩さないような分館の設計を、長谷川さんがしているんですよね？　凄いです」

「あれ、褒められた？」

照れ臭いのか惚ける長谷川に、魁は頷く。

「褒めてます。いいなあ…こんなホテル、いつか泊まってみたいです」

まだ学生の魁は一人で旅行に行くことはないため詳しくはないが、それでも瀟洒《しょうしゃ》な北欧《ほくおう》デザインで建てられているこのホテルが安宿ではないのは判る。

すぐに案内された建物の中と従業員の対応で、魁の予想は確信に変わった。

「源泉《げんせん》かけ流しの露天風呂《ろてんぶろ》もあるホテルでね。あと食事が凄く美味しくて有名なんだ」

長谷川からの重ねての情報に、魁は握り拳《こぶし》を作った。

「いいなあ、ますます泊まりたいです」

「ホテルのオーナーに伝えておくよ、きっと喜ぶから。時間さえ合えば多分、日帰り扱いでお風呂も入れるんじゃないかな？　食事も、ここでよければ食べようか」

「えっ、本当ですか？」

表情を明るくする魁に、長谷川もつられて笑う。

「うん、カイ君を連れていくのも先方に連絡済みだし、その時に…」

「長谷川先生！」

「先生？」

長谷川の言葉が中断され、二人は声が聞こえてきた建物の入り口側へ同時に顔を向けた。見ると、制服姿の男性が車の傍《そば》に立っていた彼らへと駆け寄ってくる。

「せっかくのお休みのところ、急にお呼びだてしてしまい大変申し訳ありません。遠路《えんろ》おいで下さいましてありがとうございます」

そう言って男性は長谷川へ向けて、丁寧な最上級の礼を示した。

「大丈夫ですよ。出先からそのまま移動中だったので。ご連絡した連れも一緒ですが」

「はい、お連れ様がご一緒されることはオーナーからも聞いています。こちらの都合で大変申し訳ありませんでした。当ホテルでどうぞご自由にお寛《くつろ》ぎ下さい」

大倉《おおくら》と書かれたネームプレートをつけた男性は長谷川に頷き、改めて魁へと頭を下げた。

「オーナーはどちらに？」

「商工会議所《しょうこうかいぎしょ》から急に呼ばれまして、午後に戻る予定が遅れております。大変申し訳ありませんが、オーナーから少しお待ち戴ければと…。お待ち戴く間に、長谷川先生にご相談したいことを聞いております」

「判りました」

申し訳なさそうな大倉に長谷川はあっさり頷く。そして魁へと首を巡らせた。

「ごめんね、少し待ってて貰えるかな」

「はい、勿論です」

「お連れ様はラウンジのほうへご案内させて戴きます」

先を歩く大倉の案内で、二人はホテルの中へと入る。

「靴を脱いでお上がり下さい。どうぞそのまま奥へ」

「靴を？」

旅館のようにフロントで靴を脱ぎ、ふかふかの絨毯《じゅうたん》敷きの床に足をおろす。

スリッパはない。

「家で寛ぐような快適さ、というコンセプトなんだよ。夏場は避暑地として人気のあるホテルなんだけど、ここは冬場はスキー客で賑《にぎ》わうんだ。裏にスキー場もある。冬は床暖房が効いていて裸足《はだし》でも暖かいんだよ」

「そうなんですね。ホテルで靴を脱いでそのまま、ってなんだか新鮮です」

靴を脱いだ入り口に段差があっただけで、後は段差がないバリアフリーになっている。

フロントを抜けた正面のラウンジには、サンルームのように天井《てんじょう》と壁が緩《ゆる》やかな半円を描いたガラス張りになっており、中央に大きな北欧型の暖炉《だんろ》とその奥にピアノが置かれていた。ガラス張りの向こうは、美しい白樺の林が見える。

広いラウンジにはロッキングチェアも置かれ、宿泊客が新聞を広げたり、コーヒーを飲んだりとそれぞれにリラックスした様子で過ごしていた。

「じゃあ俺、ここで待っていますね」

「カイ君、悪いね。飲み物も好きなものを頼むといい。それと、暇潰《つぶ》しにこれ」

長谷川は持っていた鞄から、タブレットと充電器を魁に渡す。

「タブレットは、使えるよね？」

「はい、でも…このタブレット、お仕事で使われるんじゃないですか？」

「俺の私物だから大丈夫。電子書籍も入ってるし、なければ好きなのをダウンロードしていいから。充電もフロントにお願いすればやって貰えるよ」

至《いた》れり尽《つ》くせりな長谷川に、タブレットを受け取った魁はまるで自分が女の子のように心配されている気がして、照れ臭くなって笑う。

「大丈夫です、俺のことは気にしないでお仕事行って下さい」

大倉に案内される長谷川を見送ってから、魁は空《あ》いていた壁際の椅子《いす》に腰かける。嵌め殺しのガラスと思っていたが、少しずつ窓のように開けられ、中庭の林から涼しい風が吹いてきていた。

座って間もなくフロントからサービスだと言って飲み物が届けられ、魁は遠慮なく借りたタブレットを起動させながら深呼吸する。

「本当だ、ここは居心地のいい場所だなあ。避暑地の別荘に来ているみたいだ」

大型のホテルではないので宿泊客も多過ぎない、かといって少な過ぎるわけでもない。次々とチェックインする姿が見えるが、殆どの者がラウンジの手前にある階段やエレベーターで部屋へと案内されていくので魁のいる場所はとても静かだった。

快適な空間でタブレットもあるし、ここなら何時間でも過ごせそうだ。

「お見合いを断るはずが、奥日光までドライブに来ちゃったよ…しかもこんな居心地のいいラウンジで時間も潰せるなんて。なんだか不思議な日だけど、長谷川さんのお陰だよなあ」

このままだと、帰るのは夜になりそうだ。だが夜のドライブも、きっと面白い。

長谷川の運転は巧《うま》く、他愛のないお喋りも年齢差を感じないほど愉しかったから、帰りも退屈はしないだろう。

…ホテルのオーナーから連絡があり、戻って来る時間を知らされたのは午後五時をとうに過ぎてからだった。

打ち合わせを終えて一旦ラウンジへ戻ってきてくれた長谷川の言葉に、魁は驚きの声をあげた。

「今夜はこのまま泊まりに？」

「打ち合わせが夜になってしまうから、部屋を用意したので泊まって下さいって。ごめん、まさかこんなことになるなんて」

「いえ、くっついて来たのは俺なので。すみません長谷川さん、俺都内の移動だけだと思って帰りの電車賃が…お金をおろすのに、近くにコンビニありますか？」

もしかして打ち合わせが長引いて一人で電車で帰ることも考えていた魁は、念のため待っている間に帰路の検索をしていた。

「いや、よければカイ君も一緒に」

「え!? 俺もですか？」

「うん。来た時にカイ君、このホテルに泊まってみたいって言っていたから、いいかなあと思って勝手に了承しちゃったんだけど。俺と一緒の部屋に泊まったりするのは嫌かな」

「いやいやいやいや…！」

「もし嫌なら、遅くなるけど打ち合わせが終わってから東京まで車で送…」

「そうじゃなくて、それこそここのホテル代、俺お金おろさないと払えないです」

長谷川の言葉に、魁は冷や汗が出る。リゾートホテルの宿泊代が高いことは知っていたが、興味半分に検索して二度見したほどの宿泊代金が設定されている。

なるほど確かにこのホテルのサイトで書かれていたとおり、料金に見合っただけの贅沢《ラグジュアリー》なホテルだったのだ。

顔色を変えた魁へ、長谷川は苦笑しながら軽く手を振った。

「大丈夫、ホテル代はいらないよ。どうぞカイ君と二人でお泊まり下さいってオーナーからの申し出だし、宿泊料金も不要だからと言われているからね。万が一払うことになっても、俺がちゃんと二人分の宿泊代を支払えるから大丈夫」

「でも、それじゃあ長谷川さんにご迷惑を」

「迷惑かけちゃっているのは俺のほう。どうしてもカイ君が帰りたいのなら、無理強いはしないけど。…俺は、カイ君と一緒がいいなあ」

「！　そんな、女の子口説《くど》いているみたいに言わないで下さい」

断りに来た真結の見合いの相手がこんなにイケメンで、気配りのある優しい人で。

そんな人とドライブでこんな素敵なホテルに連れてきて貰っただけで、魁は自分がどれほど舞い上がっているのか、かなり自覚があった。

同性の男に対しこんなに舞い上がってしまう経験も魁は初めてなのに、その初対面の長谷川とホテルで泊まる？

思いがけない展開に、魁はまるで自分が昔読んだ少女マンガの主人公になってしまったような気分だった。その少女マンガも、姉が読んでいた本だ。

…主人公になってしまった気分で一番共通しているのは、長谷川に対してときめいてしまっている部分だ。

そう思うと、魁はわけもなく意識してしまう。

「うん、むしろカイ君が女の子だったらもっと押せるのに、とは思っている」

「…え？」

それはどういう意味なのだろう。なんだか自分の気持ちを読まれたようで、魁はすぐに言葉を返せなかった。

男同士なのだからそんなに意識する必要はないのだ、と自分に言い聞かせようとして逆効果になってしまっている。

どうしてこんなに焦っているのか、魁は自分で判らない。

「初対面の俺と同じ部屋で泊まるのは、嫌？」

ちょっと首を傾げて訊いてくる長谷川に、魁は反射的にそれは違うと慌てて首を振った。

「いや、そんなことはないです…！　俺がいることで、お仕事に来ていた長谷川さんにしなくてもいい気遣いまでさせてしまってすみません」

そう言って、魁は頭を下げた。その頭に、長谷川の手が優しく乗せられる。

「違うよ、カイ君。俺がカイ君を振り回してしまっているだけ。…ここへ来る前にフロントに訊いたらね、リバーシのプレイボードの貸し出しもしてくれているんだって。せっかくだし、一勝負しない？」

「…」

まだ迷いながら顔を上げた魁の髪を、長谷川は励ますように改めて撫《な》でた。

髪に触れてくれる長谷川の指が、気持ちいい。

「…年若《としわか》で、こういう時にどうしたら一番いいのかな、って判断に迷っているのかも知れないけど。俺は男のカイ君相手に、建前で言うことはないから安心して。して欲しくないけど、どうしますか？　なんて絶対に訊かない。大丈夫なことだけしか言わない」

「長谷川さん…」

「大人の俺に振り回されて、一緒に泊まることにさせられたって、思っててくれていいんだよー。だから一緒に泊まってくれないかな？」

なんだか意識してしまっていて恥ずかしかったんです…とは言えず、魁はやっと頷く。

「…俺も、長谷川さんとリバーシの勝負したいです」

魁の返事に、長谷川が子供のように嬉しそうな笑顔を浮かべた。

「うん、俺も。あとで温泉にも一緒に行こう」

「長谷川さん、なんだか嬉しそう？　ですね…？」

明らかに上機嫌になった長谷川が不思議で、魁は首を傾げる。

「うん？　うん。やっぱり嬉しいでしょ。離れ難いなあと思ってここまで連れてきたのに、夜にたった一人で東京へ帰したくなかったから」

「…！」

「…それにね」

長谷川は一度言葉を切り、笑顔のまま人差し指を立てた。

「ここは、本当に部屋が取れないから。イレギュラーだけど、こんないい季節の土曜日に一泊出来るなんて結構凄い」

「判りました。じゃあ俺も自分の幸運《ラッキー》を満喫《まんきつ》することにします。一晩お世話になります」

魁はそう言って、改めて頭を下げる。

今日は長谷川と会った初日で向こうは年上で、自分達は男同士で、何かあるかも？　なんて考えるほうがおかしい。それこそマンガの読み過ぎか、妄想過多《もうそうかた》なだけだ。

長谷川が優しいのは気遣いのある大人だからで、魁個人に好意があってのことではない。

そう思うと意識し過ぎている自分がなんだか酷《ひど》く子供っぽいような気がして、魁は自意識《じいしき》過剰《かじょう》になっている自分を内心そっと恥じた。

魁の宿泊の了承を待って、長谷川の後ろで待機していた大倉が二人を部屋に案内するために歩き出す。二人が今夜使う部屋は、予約のキャンセルが入ったのだと説明された。用意した食材も無駄にならずに済むので、部屋についていた食事も振る舞うという。

「オーナーが戻りましたら、お迎えに参ります」

そう言って案内されたのは、露天風呂つきの客室だった。

部屋に案内される前に好きな柄を選ばせて貰っていた浴衣《ゆかた》をそれぞれソファに置き、二人は部屋の探検を始める。

八畳の和室と、ベッドが二つ置かれたベッドルームは襖《ふすま》で和室と仕切られる和洋室タイプの部屋だ。和室にはソファとテーブルが置かれ、真新しい畳《たたみ》の匂いが部屋中に爽やかに香っていた。思いがけない広さと豪華な部屋に、魁のテンションが上がる。

「外に露天風呂もありますよ。俺、プライベートな露天風呂の部屋、初めてです」

「これは…いい部屋だなあ。急なキャンセルになったっていうのは本当なのかも」

一緒にベランダの露天風呂を覗《のぞ》き込んでいた長谷川を、魁は見上げた。

「この部屋、高いですよね…？」

「うん、多分。高いけど、人気の部屋だから簡単には予約が取れない…と、思う」

「そんないいお部屋を、本当に使わせて貰っていいんですか？」

「向こうが使って、って言ってくれたんだし。部屋自体というよりは、多分食事の都合じゃないかなー。部屋は使わなくてもかまわないだろうけど、食材は無駄になっちゃうからね。どうせ宿泊客が誰でも出す料理は同じだろうから」

「この部屋に泊まる人達用に用意した食事を、食べて貰うため？」

「うん。もしかしたらカイ君のお陰で、こんないい部屋泊まらせて貰えたのかも。それならカイ君に感謝だなあ。俺一人だったらもっと狭い部屋だったかも」

「いや、あの俺…何もしてないですよ」

「してるしてる。せっかくだから遠慮なく使わせて貰おうよ」

愉しんでいる様子の長谷川に倣《なら》い、魁も緊張を解く。

綺麗に整えられたベッドが並んでいるだけでドキドキするなんて、まだ変に意識してる。

「…いや」

でも、長谷川さんは本当に格好いい人なんだよな。そんな呟きが唇《くちびる》から零れそうになって、魁は慌てて自分の口元を手で押さえた。

ラウンジからフロントを経由して客室へ向かう時、グループの女性客が色めき立つように長身で姿勢のいい長谷川を見ていた。長谷川もそんな彼女達の視線に気付いていたはずだが、特に意識した様子もなく通り過ぎている。

彼にとって、女性に注目されることは日常茶飯事らしい。

予定時間を過ぎてもまだ戻って来ていないオーナーから、連絡を受けていた二人は、部屋に荷物を置いて七時少し前から一階のダイニングで食事を済ませた。

ちょうどデザートが来る頃にオーナーの帰館を受け、長谷川は中座して再び打ち合わせに向かってしまう。魁は長谷川の分のデザートも貰ってから、部屋へ戻った。

だがすぐに退屈して時間潰しをかねて大浴場と露天風呂に入り、やっと部屋で落ち着く。時計はもうすぐ夜の十時を過ぎようとしている。

打ち合わせが長引いているのか、長谷川はまだ戻ってきていない。

「そうか、こんなに時間がかかるから泊まりに…ってことになったのかな」

ようやく魁は今夜は外泊するからと、真結へとメールを入れた。今日の待ち合わせはどうしたのか？　とすぐに返信が来て、長谷川には会ってちゃんと断った旨《むね》を伝える。

友人宅への急な外泊はたまにあるので、真結もうるさくは訊いてこない。両親がいれば別だが、幸いにも今日は二人で旅行中だ。

「その断った人と、今夜は一緒に泊まるんだけどね。なんだか親の目を盗んで旅行に来た女子高生みたいだ。いや、俺は男子高校生だけど。…もし、今日」

本当の約束相手である、真結が見合いに行っていたら。長谷川は魁と同じように、ここまで真結を連れてきただろうか？

「…多分、ＮＯ…だな」

長谷川は真結を連れて来なかっただろう、という確信が魁にはあった。

理由は言葉の端々にある、長谷川の気遣いだ。車で三時間程度の距離のドライブに、保護者へ連絡を入れようか？　とわざわざ申し出た男が、見合いの相手である初対面の適齢期《てきれいき》の女性をあやまちが起こりかねない場所へ連れてくるような不用心なことはしないだろう。

別の言いかたをすれば、第三者に誤解される行動は慎《つつし》むタイプのはずだ。

「…と想像は出来るけど。実際姉貴と凄く気が合っていたら、既成事実《きせいじじつ》のつもりで連れてきたかも？　気に入ったら結婚相手の最有力候補なわけだし、そのほうが手っ取り早いってお互い合意があったかも知れないけど。…そうじゃなくて、多分俺が男だったから」

長谷川はここへ連れてきてくれたのだ。

もし魁が女性だったら恋人か特別扱いだっただろうし、ホテル側も気遣うだろう。

そして休みに急に呼び出したとはいえ、仕事場に恋人を連れてきたのか？　と余計な詮索《せんさく》をする者がいるかも知れない。

「もし俺がホテルの人なら、羨《うらや》ましくてそう考えるかも。だから俺が男でよかった」

魁の呟きは、そのまま同じ部屋に泊まっても間違いが起こる可能性はないのだ、と自分に言い聞かせた言葉になってしまっていた。

「あー…俺、長谷川さん意識し過ぎ。だって、格好いい人だし」

背も高く仕種《しぐさ》もスマートで、あんなふうな大人になりたいと思う理想のような男性だ。

魁は和室のソファに寝っ転がり、木目の美しい天井を見上げる。

仰向《あおむ》けになって浴衣が乱れたが、気にしない。

ベッドも好きに使っていいのだろうが、この部屋は長谷川のために用意された部屋だ。

それなら長谷川が使いたいベッドを先に選んで貰ったほうがいいし、という思いが主だが、
魁はなんとなく意識してしまって恥ずかしくてベッドルームに近付けなかった。

「…」

両開きの襖が開いたままなので、魁が寝転んでいるソファからベッドが見える。

「俺が男でよかったたって思う半面、ちょっと…残念…」

湯上がりに心地好く効いた空調と浴衣の肌触《はだざわ》りに、魁はソファでいつの間にかうたた寝をしてしまっていた。


「…?」

誰かが優しく頰《ほお》に触れたような気がして、魁はぼんやりと目を開ける。

とても愉しい夢を見ていた気がするが、目が覚めると一瞬で忘れてしまった。

「あ、ごめん。起こしたかな」

「…っ、…!?」

屈《かが》んで覗き込んでいるのが長谷川と気付き、魁はソファから飛び起きる。

「すみません、俺寝ちゃって…！　今何時…」

「夜の十一時過ぎくらいかな。遅くなってしまってごめんね、待ちくたびれただろう？」

「いえ、あちこち探検とかして、少し硬めのソファが気持ちよくて寝ちゃってました」

相槌《あいづち》と共に魁の話を聞きながら、長谷川はネクタイを緩める。

その仕種で、彼はずっとネクタイを締めたままだったことに魁は気付く。

「お仕事している間は、ずっとネクタイってしておくんですね」

「そうだね。馴れちゃっているから、あまり苦にならないけど。もう休むなら、ベッドで寝たほうがいいよー。露天風呂は見てきた？」

「はい、ご飯の後に。長谷川さんは？」

「ここに戻る前にちょっと覗いたんだけど、団体さんが入ってて混んでたからやめた。どうせこの部屋にも露天風呂あるからいっかな、って。朝早く行ってくるつもり」

「俺も一緒に行きたいです…！　もし起きなかったら、起こして貰ってもいいですか？」

「判った」

魁の言葉に長谷川は笑いながら頷き、部屋へ戻る時に買ってきたジュースを手渡す。

「…どうする？　もう寝る？」

長谷川に問われた意味が判るから、魁は勢いをつけてソファから立ち上がった。

お待ちかねのゲームはフロントから借りてきて、バルコニー側のテーブルに置いてある。

「まさか！　長谷川さんこそ、お疲れじゃないですか？」

「カイ君とゲームする余力はちゃんと残してあるよ。どうする？　どこでやる？」

「ソファで。広いし」

そう言って魁はリバーシのプレイボードをソファへと持ってきた。

「長谷川さん、もうお仕事終わったんですよね？　ビールとか飲むならどうぞー。俺もジュース戴きます」

「いや、せっかくカイ君とプレイするのに、やる前から酒入れたらつまらないよ」

言いながら二人は片膝《かたひざ》を乗せる格好で向かい合わせに座り、間に置いた比較的大きなリバーシのプレイボードにパチパチパチと駒を用意していく。ソファは三人掛けなので、男二人でこうしても充分に広い。

久し振りに遊べる相手がいるのが嬉しくて、魁は上機嫌のまま笑った。

「俺、負けないですよ？」

「…どのくらいの自信で？」

長谷川に挑発され、魁はちょっと考えてから提案《ていあん》する。

「負けたら脱ぎます！　…っていうくらい？」

言い過ぎではなく、ここ数年誰とプレイしても魁は負けたことがない。

そんな根拠からの言葉だった。

「判った、じゃあそうしよう。もし俺が負けたら、俺も脱ごうかな」

「え…本当に？」

「いいですよー、パンツ一枚まで脱ぎましょうー」

軽い長谷川の口調に、勝負を愉しむつもりなのが伝わってきて魁は嬉しくなった。

先攻は長谷川になり、のんびりした様子でゲームが始まる。

そして、僅差《きんさ》で魁が負けた。

「…強い」

「そうでもない。カイ君、強いね」

「いや…いやいやいや…！　強いのは長谷川さんです…！　何これ、凄ぇ強い…！」

「そんなことない、ヤバかった。カイ君が手を抜いてくれたからだよ」

そう言って笑う長谷川には、まだ余裕があるように魁には見える。

ゲームが始まり、長谷川が強いことはすぐに判った。だから魁は夢中になって、手抜きをする余裕なんて全くない。

「どうする？　二回戦目、いく？　初戦だから脱がなくてもいいけど」

長谷川の言葉に、魁は着ていた浴衣の衿《えり》を摑《つか》んだ。

「…っ、男の約束です、から！」

「着ている分が少ないから、上だけ」

「次も勝つ余裕ですか？」

「違うよ、カイ君と沢山勝負したいから」

「次は負けません、から大丈夫です…！」

魁はそう言って、帯をそのままにして景気よく浴衣を脱ぐ。

浴衣の下は下着以外何も着ていないので、帯を残したのは念のためだ。

「うーん…俺の目の遣り場《やりば》に困るんだよなぁ」

「え？」

「独り言。…もしも、の話だけど。もしあと二回以上負けてしまったらどうする？」

「…」

言われ、魁は自分を改める。着ている残りはあと帯と、下着だけ。

「負けるつもりはないです、けど…！　でも、もし負けたら…長谷川さんの言うこと、なんでも聞きます」

「なんでも？」

「男に二言は、ないです」

「判った。じゃあ俺が負けたら、カイ君の言うこと聞くね」

子供のような約束に長谷川は頷き、再び黒と白の駒をボードの中央に並べた。

先攻後攻をチェンジし、今度は魁が先手で始まる。

そして魁は長谷川に一度も勝てないまま、続けて三回負けてしまう。約束は二回だが、残りの一回はお情けのリベンジだ。

そのどれも、勝負が済んでから駒を数えるまでどちらの勝敗か判らない接戦だった。

「わーい、勝てたー」

棒読み口調で勝ちを喜ぶ長谷川に、魁は耳まで赤くしたまま涙目で見上げる。

「長谷川さん、強いよ…！　すっごい、愉しかったけど！」

「カイ君、強いねえ。僅差で勝つのは滅多にないよ」

「どうしてそんなに強いんですか⁉」

「さあ、どうしてだろう？」

脱ぐために意を決して自分の下着に手をかけた魁へ、長谷川がのんびりと口を開く。

「…無理強いするつもりはないから、脱がなくてもいいよ？　せっかく愉しい時間をカイ君と過ごさせて貰っているし」

「言い出したの、俺からですから」

「なんでも言うこと聞くのも？」

手を止めた魁が、顔を上げる。

「俺で出来ることは、多分長谷川さんも出来ることだと思いますけど。…約束は守ります」

律儀《りちぎ》な魁の返事に、長谷川は手をのばして軽く彼の髪を梳《す》く。

「…じゃあ俺、カイ君が欲しいな」

「え？」

言われたことが一瞬判らず、魁はきょとんと長谷川を見つめた。

そんな魁を見つめ返しながら、長谷川は柔らかに笑って続ける。

「カイ君が嫌じゃなければ、俺は今夜カイ君が欲しい」

「…‼　あのっ、それは…大人のおつきあい的な意味、ですか？　普通なら男と女がする、こと？　の、あれ？　セッ…」

「うん。俺とセックスしない？　って誘ってる」

「…！」

まるで一人で考えていた時のことを知っているような長谷川に、魁は全身が熱くなった。

「俺、男ですよ…⁉　長谷川さんて、そ、そっちの人だったんですか？」

「どう見ても、カイ君は男にしか見えないから大丈夫。俺は男女どちらでも大丈夫。そんなつもりでここまで連れてきたわけじゃないけど…カイ君を愛してみたくなった。多分こうしてカイ君と過ごせて、かなり舞い上がっているんだと思う」

「…っ」

ちょっと前までのどこか惚けた口調から一変して、感情を抑えた熱っぽい長谷川の声。

冗談でもからかわれているわけでもないのが、長谷川のまなざしから伝わってくる。

誰かからこんなふうにストレートに『愛』なんて言葉を、魁は向けられたことがない。

「いきなり俺にこんなこと言われて…カイ君は、気持ちが悪い？」

魁は首を振りながら、思わず即答する。

「まさか！　それは絶対ないです！　でもあの…」

「もし誰か好きな人いるなら、今の話はなしで」

「いないです…！　いないです、けど…！　女の子ともしたことないから、大人の長谷川さんが愉しめる？　だけの経験値《スキル》がないので、かえって困らせてしまうんじゃないかと。長谷川さんのほうこそ、恋人は？」

「巧い下手《へた》で、そうしたいと思うわけじゃないよ。今夜は、なんだか人肌が恋しくて」

「それは…判ります。人肌恋しいようなこと、知らないですけど」

「俺も、恋人はいないよ」

「…」

自然に囲まれたホテルの中にある、上質な部屋の雰囲気のせいだろうか。

誰かのぬくもりが傍にあったらいいと思うような、誰かを愛《いと》おしく感じたくなる…そんな夜だ。だから長谷川の言葉も判る。

「俺とするのは、嫌じゃない？」

「…自分がもし女子だったら、多分速攻で頷いているレベルですよ」

自分が今、どんな表情で長谷川を見ているのか。すっかりその気になっているのが、きっと長谷川に気付かれてしまっている。

恥ずかしさに困り果てた口調の魁の返事を聞きながら、長谷川は上品な指先で二人の間にあるリバーシのプレイボードを指差す。

「じゃあもう一勝負して。俺が勝ったら、一晩俺のものになって。もし俺が負けたら、さっきの約束通りにカイ君の言うことを聞こう」

「…」

魁は頷く代わりに、頬を赤くしたまま無言でボードに駒を置いた。

ボードの上は静かに勝負が進み、負けず嫌いの魁はすぐに勝負に夢中になる。

長谷川の誘惑はたまらない魅力だったが、目の前の勝負には勝ちたかった。

自分が勝てない相手と手合わせをして、手を抜くなんて考えられない。

だが今回もまた、僅差で勝ったのは長谷川だった。

「…うん、俺の勝ち」

「俺負けちゃったし…ぬ、脱ぎますか…」

約束は、約束だ。意を決したような魁へ、長谷川は頷きながら立ち上がる。

「もし脱ぐなら、一緒に露天風呂へ入ろうよ。夜はまだ長いし、ゆっくり過ごそう」

長谷川はそう言うと、魁の返事を待たずに目の前で服を脱ぎ捨てていく。

あっという間に裸《はだか》になるとそのままパウダールームからバスタオルを二枚持って、窓向こうの露天風呂へ向かった。

「…」

顔が小さめの長谷川は、服を脱いでもバランスのよい体軀をしている。

肩幅が広く、筋肉質になり過ぎない上半身から下半身にかけての引き締まったラインは何かスポーツをしているのかも知れない。

身長が一七〇前半の魁には、羨ましいスタイルのよさだった。

「カイ君」

肩越しに振り返った長谷川に呼ばれ、見惚れていた魁は我に返ってすぐに立ち上がる。そして自分も意を決して勢いをつけて裸になると、長谷川のいる露天風呂へと急いだ。

「にごり湯だ…！　まさかこれ、入浴剤じゃないです…よね？」

二人でも充分広い、だけど離れて入るには少し狭い浴槽《よくそう》の露天風呂の湯は、昼間見た時と違って少し緑がかかった乳白色の湯が満たされている。

「入浴剤？」

魁は頷き、湯船を指差す。

「この部屋へ案内して貰った時には、湯船は透明の…エメラルドの色をしていたんです」

「奥日光の源泉は透明なエメラルド色で、空気に触れると乳白色に変わるんだよ」

「あ、化学反応なのか、これ。初めて知りました。ところで…凄いですね」

何が凄いと言ったのか、下半身を凝視《ぎょうし》する魁の目線に気付いて長谷川は笑う。

「同じ男のカイ君に褒められると嬉しいね」

「羨ましいけど悔しい。あの…サ、サイズってやっぱり関係ありますか？」

青少年ならではの好奇心で訊いてくる魁へ、長谷川は生真面目な表情を浮かべた。

「教えてあげたいんだけど、自分では自分の相手になったことがないから、判らない」

「…ですよね」

肩を落とした魁の様子に長谷川は再び笑い、先に湯船につかる。

露天風呂は手すりなどの柵《さく》がない解放感のあるバルコニーにあり、昼間なら見晴らしのよい庭が広がって見えるが、今はピンポイントでライトアップされていた。

バルコニーからそのまま繋がっている庭も壁で囲われていないので、解放感がある。

目の前の庭は緩やかな林の丘で正面からの視界を遮《さえぎ》り、左右も視界が計算されて植えられている樹木で隔てられている。夜の風が肌に心地好い。

隣の部屋とも充分に間があるのか、まるで離れたコテージに二人だけでいるように他の人の気配が感じられなかった。完全にプライバシーが守られた客室になっている。

自然の中にいるような、誰も知らない秘密の隠れ家にいるような相反する気持ちになる不思議な環境だ。勿論それがホテルの狙いでもあるのだろう。

魁も普段の生活では感じることのない解放感に高揚《こうよう》し、大胆な気持ちになっている。

長谷川の後を追うように湯船に入ると、膝立ちになった。

充分に明るいが抑えた琥珀色《こはくいろ》のライトが、二人に濃い陰影をつけている。

「長谷川さん…キスしても、いいですか？」

それが、魁が必死《ひっし》で考えた了承の答えだった。

「勿論」

のばした長谷川の手が励ますように優しく頬に触れ、魁は大胆にも自分から近付いて顔を寄せる。待っていたように長谷川の手が両頬に添えられると、優しく唇が塞《ふさ》がれた。

「うん…」

最初は軽く、掠《かす》めるようなキス。

一度唇が離れ、今度は角度を変えて深い口づけを交わす。かすかに開いた唇から舌を滑り込ませ、互いの舌を絡めては甘噛《あまが》みするように口づけを重ねた。

「長谷川、さ…ぁふ…」

キスの経験はあるが全身が粟立《あわだ》つように感じ、ストレートに性欲を掻きたてられるようなこんな口づけは魁は初めてだった。

魁からキスを訊いたのに、リードしているのは長谷川だ。

「あっ…⁉」

長谷川の腕が魁の背中へとまわされ、密着するまで抱き寄せられる。その振動に湯が大きく揺れて、魁は抱き寄せられた勢いのまま長谷川の膝上に座るように跨《また》いでしまった。

魁の唇を甘く食《は》むようにしながら、長谷川が囁《ささや》く。

「男同士のやりかたは、知ってる？」

「い、一応は…」

熱っぽく掠れる長谷川の声に、魁はゾクゾクと背筋を這《は》い上がる快感に全身を震わせた。

こんなふうに誰かの…同性の声に感じたことなんか魁は一度もないのに。

魁の返事に軽く頷いた長谷川は背にまわしていた手をもっと下へ伝わせると、締まって柔らかな魁の双丘の奥を中指で触れた。

「…っ！」

緊張で体が弾む魁を、抱き締めている長谷川の腕が許さない。

「約束して、カイ君。カイ君もちゃんと愉しめるように、ゆっくり時間をかけて馴らすけど…もし、途中で気持ち悪くなったり、我慢出来なくなった時はやめるから俺に教えて」

「長谷川さん」

「無理強いはしたくないんだ。君が初めてなら、尚更。君に、嫌な経験を残したくない」

「じゃ…俺が大丈夫なら、そのままで最後までしてくれるってことですよね？」

魁は体を浮かせると、期待で震えそうな手で長谷川の手を取って自らの胸元へ導く。

「約束します。だから長谷川さん…俺に、全部教えて下さい」

「優しくする」

「いや俺男だし、多少乱暴にされても平…んぅ」

長谷川は腕を強く引き、今度は噛みつくように魁の唇を貪る。

「ん…ぁ、ふ…」

舌を絡めて唇から伝い落ちる唾液《だえき》も、長谷川は丁寧に舐《な》め上げた。

「そんなことを言われたら、本当に乱暴にしたくなるよ…。おいで、ベッドへ行こう」

魁は頷き、長谷川に導かれるまま湯船から立ち上がった。

〇〇〇

長谷川は予告したとおり、焦ることなくゆっくりと時間をかけて魁の体を開いていった。

「判る？　…これでもう、三本入ったよ」

「ん…ぁ、あ…っ」

充分に馴らされた秘所は長谷川の指を付け根まで飲み込み、喘《あえ》ぐようにひくついている。

独特の違和感があったのは一番最初に長谷川の指が入ってきた時だけで、充分な量の潤《じゅん》滑剤《かつざい》で殆ど痛みも気持ち悪さもないまま彼の指を受け入れていった。

ベッドルームでは照明がぎりぎりまで絞られ、だけど真っ暗にすることは許してくれず、魁は欲情で熱っぽくなっている自分の表情をずっと長谷川に見られている。

長谷川のまなざしは魁の心の中まで見透かしているようで、恥ずかしいのに見られていることがたまらなくゾクゾクしてしまう。凄い、たまらない。

長谷川に後ろを可愛がられながら同時に魁自身も扱《しご》かれ、前後からの刺激に違和感が快楽へと変換されていくのに長い時間はかからなかった。

淫《みだ》らに濡れた音がベッドルームに響き、仰向けにされた魁はしどけなく首を振る。

「俺、なんか…変だ…」

「指だけでは足りない？　カイ君がこんなに感度がよ過ぎたのは、想定外だったね」

緊張を解くために長谷川の手と、次に口で施《ほどこ》しを受けて魁は先に二度、達《たっ》している。何もされていないのに、もう屹立《きつりつ》し先端を濡《ぬ》らしている。

「ん…うん…」

問うまでもなく、指を深く飲み込んでいる部分がもっと欲しがってむず痒《がゆ》くて、魁はぐずってねだるように自分へと覆《おお》い被《かぶ》さっている長谷川の腰を自らの内腿《うちもも》で擦《こす》った。

「このままだと、熱くて、おかしく…なりそう…」

まるで自分の体じゃないようだ。

脳の奥が、熱さに痺《しび》れて蕩《とろ》けそうになっている。指じゃ足りない、もっと…。

その答えを探すように魁の手がベッドの上から長谷川の体に触れ、充分に熱を孕《はら》んで滾《たぎ》っている彼自身へと辿《たど》り着く。

「長谷川さ…指じゃなくて、もう…俺の中にきて…」

「…判った」

長谷川は優しく囁くと魁を励ますように汗で濡れた額へチュ、と音をたててキスをする。

魁の両膝を内側から抱え上げて押し広げると、秘所へ自身の先端を押し当てた。

そのままゆっくりと、秘所の入り口から味わうように慎重《しんちょう》に侵入していく。

「んぅ、あっ…！　あぁあぁ…‼」

「息を吐いて、カイ君」

結合《けつごう》の痛みに無意識に逃げようとする魁の体を押さえ、自分へと腕をまわさせる。

「出来、な…」

「力を抜いてって言われてもキツイよね」

「ごめんなさ…長谷…んんぅ…」

謝りの言葉を言わせたいわけではないから、長谷川は魁の唇をキスで封じた。

「…一度、やめる?」

「あっ、待って長谷川さん…！　抜かないで…ひうっ」

心配で一旦体を引こうとする長谷川を、魁は縋《すが》りついて止める。

「でも」

長谷川に深く穿《うが》たれていく衝撃よりも、引き抜かれる時に逆撫でされる刺激のほうが魁はたまらなかった。今まで自分が知らなかった、初めての支配される痛み。

「やだ、大丈夫だから…このまま、して…」

自分の中に誰かを受け入れるなんて魁は初めてで、当然知らない痛みだ。なのに、痛みの中にそれだけじゃない何かがあって、それがなんなのか知ってしまったらもう戻れない予感があった。だけどその何かが魁は知りたくて、だから長谷川に止めて欲しくなかった。

息苦しい痛いし、もうやめたい。なのに男の長谷川に自分が今、抱かれているのだと思うだけで背筋に痺れが這い上がってくる。それと同時に、何かに自分の中が満たされていく。

「カイ君…」

「ぁ、は…ん…っ！　ひぅ、あ、ぁ…！」

長谷川はわざと乱暴にキスを重ね、魁が息苦しさに耐えかねて息継《いきつ》ぎするタイミングを狙って再び自身を沈めていく。

「…もう全部、入ったよ」

「ん…」

魁は頷こうとして、ぎゅっと閉じていた瞼《まぶた》からこらえていた涙が零れ落ちる。

そんな魁の頬を長谷川は何度も優しく撫で、彼の体が挿入《そうにゅう》に馴染むのを待った。

呼吸を整えようとして、薄い魁の胸板が大きく上下している。

「どうかな、吐きそう…？」

大丈夫だから魁は荒い呼吸を繰り返しながら、首を振った。

「ごめ…さ…丈夫、です…」

「圧迫感で苦しいよね」

「…っ」

だけど耐えられない痛みではない。だから魁はもう一度大丈夫だと首を振る。

負担《ふたん》はあっても自分の体が限界まで苦痛を我慢しているわけではないと、きっと長谷川にも伝わっているはずだ。

「…カイ君の中、熱くて…凄く、気持ちがいい」

耳元で長谷川にエロティックに囁かれ、魁の全身が震える。

「や…っ、そんなこと今、言わな…ぁ」

長谷川は小さく笑い、魁の手を取ると結合部分へと導く。

「判る？　俺の全部、カイ君の中でしょ」

「やだ、長谷川さん…恥ずかしくて、死ぬ…ぁう」

長谷川は自分の言葉を証明するように、奥を軽く突《つ》くようにして魁を揺すりあげた。

やや硬めのベッドなので、その振動はダイレクトに魁へと伝わってしまう。

「いい声…」

「ひぁ…っ」

思わず濡れた声を零した魁の肌の上を、長谷川はわざと軽く爪《つめ》を立てて掻いて啼《な》かせてみる。やがて彼自身を受け入れている魁の肉襞《にくひだ》の奥が、物足りないと言いたげに蠢《うごめ》く。

魁自身、ふっと自分の中から緊張がほどけるのを感じた。

「もう…動いても、大丈夫？」

「うん…」

子供のような返事をしてしまったのが恥ずかしくて、魁は真っ赤になりながら自分の口元を慌てて押さえる。

「ゆっくり動くから、辛い時は我慢しないでね」

魁が再び頷くのを待って、長谷川はゆっくりと律動を刻み始めた。

「あ…ぁあっ…」

長谷川からのあやすような抽挿《ちゅうそう》の心地好さに、魁の下半身が無意識に揺れる。

「は…ぁ、ふあ…んぅ」

強靭《きょうじん》な長谷川の肢体《したい》からもたらされるリズムは次第に強くなって、それに応じるように魁の体も蕩けるように開かれ奥へ奥へと彼自身を飲み込もうとしていく。

強く突かれる度に自分の両膝が揺れ、それが視界の隅に見えてたまらなく恥ずかしい。だけど止められなくて溺《おぼ》れて、いつの間にか快感が痛みを凌駕《りょうが》してしまっていた。

「自分で判る？　カイ君の中、奥を突くとぎゅって締まるよね…」

「や…そんなこと…んぁあ、あ…！　」

ベッドルームに響く自分の声が恥ずかしくて、魁は何度も首を振る。

恥ずかしさに声を殺したいのに、我慢しようと思えば思うほど唇から濡れた喘ぎが零れ落ちてしまう。そんな魁が幼気《いたいけ》で、長谷川もわざと意地悪に乱暴に突いた。

「我慢しないで声出していいよ、カイ君。窓も閉めたし、外には聞こえないから」

「だけど、や…ぁああっ…ど、しよ…こんな、の…初めて…たまん、な…」

寝室には魁を突く濡れた音と、彼の甘い声だけが響いている。

「ごめん、俺もカイ君に溺れてる。俺しか聞いていないから、カイ君のやらしい声…もっと聞かせて？　ほら」

「違、ひぅ…！　ぁ、あぅん…」

長谷川はわざと魁に嬌声《きょうせい》をあげさせると俯《うつぶ》せにさせ、今度は後ろから彼を突いた。

「や…、長谷川さん…深くて、あ…ぁあ！」

両膝を大きく開いて下半身だけ突き出すような格好は、もっと深く長谷川を受け入れている。さっきとは違う角度で敏感な部分を擦られた魁は全身の力が入らず、ただもっと奥へと長谷川自身を飲み込もうとして蠢き、締めつけていた。

長谷川は魁を支配しながら利き手を限界に近い彼自身にまわし、扱いて追いたてていく。前と後ろから同時に責められ、長谷川に全てを預けている魁には為《な》す術《すべ》がなかった。

涙で濡れている視界が白くチカチカしてきて、全身が震える。

互いの汗で肌が滑り、内側を深く擦られる快楽の熱で、脳が溶けていくようだ。

「俺、おかしくな…それ、や…長谷川さ…駄目、もう出ちゃ…」

「いいよ、このまま手の中に出して。一緒に達《イ》こう」

「あぁあっ…！」

一際強く穿たれたので、限界だった。

絶頂《ぜっちょう》を迎えた魁は手の中に吐精《とせい》し、長谷川も背後から彼を抱き締めながら達した。

「…大丈夫？」

力が入らなくてシーツの上に崩《くず》れる魁の体を、長谷川が支えてくれる。

「まだ…なんか…凄くて…」

「うん、ごめん。もっと優しくするつもりだったのに、余裕なくて…俺が夢中になった。カイ君が初めてだって判っていたのに」

正直に告げる長谷川の顔を、魁は涙と欲情で潤《うる》んだ瞳で見つめた。

その言葉が本当だというように長谷川は頷き、上気した魁の頬に音をたててキスをする。

汗で張りついた前髪を優しく掻き上げられ、その心地好さに魁は目を細めた。

「…どうする？　このままお風呂に入って、もう寝る？　それとも…もう一回、する？」

「…」

魁の答えは、決まっている。

長谷川の体を押してベッドの上へ仰臥《ぎょうが》させると、魁は自分からその上へと跨いだ。

「…もっと教えて、長谷川さん」

頷いて笑った長谷川に抱き寄せられた魁は、それから一晩中彼に愛され続けた。

○○○

青山にある勤め先の『榛葉《しば》設計事務所』へ定時に出社した長谷川は、濃いめのコーヒーをドリップして眠気覚まし代わりに飲んでいた。

優秀な設計者である長谷川は、社内に広い部屋を与えられている。だが集中力を必要とするような難しい設計をしている時以外、普段の在室時にはドアは解放されたままだ。

隣の広いフロアから聞こえてくるざわめきの音を聞きながら、いつも仕事をしている。

「…」

彼とホテルで過ごした週末のことが、ずっと長谷川の頭を離れない。

夢のような、というと言い過ぎかも知れないが、思い出すだけで指先まで痺れるような興奮が蘇《よみがえ》ってくる。月曜日の今日になっても、その興奮と痺れがおさまっていなかった。

まるで性行為を覚えたての少年のように、ベッドにいる間中彼を求めた。

感覚が麻痺《まひ》してきてもまだ足りなくて、体を洗うために一緒に入った内風呂《うちぶろ》でも求めて繋がり、彼を喘ぎに濡れた声で啼かせている。

『俺、こんなの初めてで…もっと…長谷川さ…』

何度も長谷川の名前を呼んだ掠れた彼の嬌声がまだ耳の奥に残っていて、当分の間消えそうにない。

「甘い、声だったな。…体も」

最初は不慣れで緊張に強張っていた彼の体が、次第に長谷川に馴染んでいく様と手応えを自分の腕の中で見届けている。一方的に長谷川の行為を受け入れたのではなく、彼自身も快楽に身を委《ゆだ》ねていた。

挿入を重ねる度に秘所は長谷川をもっと奥まで咥《くわ》え込もうと締めつけ、自ら腰を揺らしていたのだ。髪から爪先《つまさき》に至るまで彼の全てに触れて、愛した。

「…」

男の子にしては少し甘さのある、整って優しげな顔立ちをしていたカイ。

そんな彼が涙で顔を濡らしながら必死に痛みに耐え、やがて快楽だけを追うようになった瞬間に浮かべた表情も、これまで長谷川が感じたことのなかった高揚感を呼んだ。

「月曜日の朝から何、思い出してるんだ…俺は」

淫欲《いんよく》に溺れた記憶を抑えるために、長谷川は片手で頭を抱えながら溜息をつく。

「初めて会った学生の子相手に」

不埒《ふらち》なことをするために、彼を打ち合わせ先のホテルまで連れて行ったわけではない。

長谷川は本来慎重な男だったし、本人もその自覚がある。

仮に肉欲《にくよく》を満たしたいと思えば、相手だって不自由はない。…実際そう思えば、だが。

だからたとえ合意とは言え初対面の、しかも未経験の少年を相手にしなければならない理由も必要性も全くない。

なのに自分は彼に惹かれ、求めてしまった。

そして誰かと愛しあうのにあんなに夢中になったのは、長谷川は初めてだった。

昨日の夜別れたばかりで、なのにまたすぐに逢いたいと思ってしまっている。

『…俺から、必ず連絡します』

別れ際の約束は、たったのそれだけ。

「長谷川《はせ》」

ノックもなく部屋に入ってきた同僚の橘《たちばな》の声に我に返り、長谷川は入り口へ顔を上げた。

橘とは大学時代からのつきあいで、お互いに腐れ縁と称するほど仲がいい。

彼もまた、この会社で部屋を与えられている設計者の一人だった。

「おはよう」

「今社長に聞いたけどお前、週末奥日光まで仕事に行ったんだって？」

「行ったよー。施主《せしゅ》が遅くまで帰って来なくて、土曜日に露天風呂付の部屋に泊まった。さすが、いい部屋だった」

長谷川の話に橘は頷き、ちらと背後を窺ってから部屋のドアを後ろ手に閉める。

「お疲れ様だなー。それで土曜日、待ち合わせに来られなかったのか」

「いや？　お前に頼まれた通り、待ち合わせ場所に行ったよ。連絡があったのはその後だ」

彼の分もコーヒーを淹《い》れながらの長谷川の返事に、橘は怪訝《けげん》そうに眉を寄せた。

橘も自分の部屋を持っているのに何故か長谷川の部屋に入り浸ることが多いので、この部屋にも彼用のカップが常備《じょうび》されている。

「本当に？」

何故橘が疑《うたが》っているのか判らず、コーヒーのカップを手渡しながら長谷川は頷く。

「だから、行ったよ。お前が俺に行って会ってくれ、って頼んだんだろう？」

橘は長谷川に近付き、声を抑えながら続けた。

「そうだよ。俺の知りあいの男の子が男しか好きになれなくて悩んでるから、お前がゲイ寄りの両刀だから俺よりも心情《しんじょう》判るだろうし、話を聞いてやってくれって」

「だから土曜日に会って、話を聞いたよ。カイ君だろう？　明るい子で、あんまりそんなに悩んでいる感じもしなかったけど」

のんびりとした長谷川の返事に、橘は対照的にますます胡乱気《うろんげ》な表情を浮かべた。

「…お前、誰と会ったんだ？　ずっと待っていたんだけど結局お前が来なかったって、土曜日の夜に彼からメールがあったんだぞ？　いくら電話かけてもお前出ないし」

そう言って橘は、握っていたスマホから一通のメールを見せる。

促されて覗き込むと、橘が今言ったとおりの内容が書かれていた。

「橘…これ、どういうことだ？」

「それは俺が訊いてんの！」

「いや、俺はカイ君に会ってるよ。待ち合わせ場所で、向こうから声をかけられたんだ。だから間違いようが…私立鷺ノ宮高校の三年生で、かなりレベルの高い顔」

「顔は主観《しゅかん》が入るからお前の言葉では判断しようがないが、俺が見る限りレベルが高いってほどでは…普通の子だよ。ん？　高校が鷺ノ宮？　向こうが鷺ノ宮だって言ったのか？」

長谷川はカップを傾けながら頷き、続ける。

「鷺ノ宮って都内でも指折りの進学校、男子校だろ。だからそういう悩みもあるかと…」

のんびりした長谷川の言葉に、橘は慌てて手を振った。

「待て待て待て。あの子は働いていて、高校なんか行ってない。ましてや私立なんて」

「辛いものが好きな姉がいるって聞いた」

「彼は一人っ子だよ。大人に騙《だま》されて経験したのがきっかけで男としか感じられなくて、そんな後ろめたさから年齢関係なく女性とまともに話すことが出来ないんだ」

橘との話が、全く噛みあわない。

次に眉を寄せたのは、長谷川のほうだった。

長谷川が自分自身で抱いたのだから、はっきり判る。長谷川が知る『カイ』は、誰かとのセックスの経験はない。たとえ未経験のふりをしても、受け入れる体は嘘《うそ》をつけない。

「彼には経験がある…？　俺は誰と会ったんだ？　橘に彼の連絡先を訊こうと思っていたのに。カイ君だろう？」

「だーから、それは俺が知りたいっての。とりあえずこの間の週末は、お前が急な仕事の打ち合わせが入って来られなくなったって言ってある。近いうちにお前を彼…甲斐亮司《かいりょうじ》君が働いている店へ連れて行くからって約束しておいたから。本人に会えば判るだろう？」

橘の言うことはもっともで、会ってみれば判ることだ。

彼に逢いたいと思っていた長谷川は承諾し、その日の夜に店に行くことになった。

…店にいたのは長谷川と体を重ねた魁ではなく、似ても似つかない全く別の少年だった。

「あーあ、どうしよう…」

昼休みの時間、魁は自分の机に突っ伏しながら何度目か判らない溜息をついた。

その溜息を聞いた魁の前の席に座る友人の高園理央《たかぞのりお》が振り返る。

「凄い大きな溜息だね。魁やんなんだか朝から調子悪そうだけど、大丈夫？」

クラス委員でもある高園のおっとりした口調につられ、魁はだるそうに口を開いた。

「あー悪い、調子は悪くないけど、大丈夫じゃない」

机から顔を上げないままの魁の返事に、高園が笑う。

「腰を痛めてれば、結構調子悪いと思うけどなあ」

週末に初めて長谷川に抱かれた名残《なごり》が疼痛《とうつう》となって、月曜日になってもまだ回復していない。どうにかして電車に乗って登校したものの、あまりの痛さに腰を庇《かば》おうとして歩きかたまでぎこちないので、心配する周囲にはぎっくり腰っぽいのだと伝えていた。

体も気怠《けだる》く、重い。恐らくは発熱のせいだろう。

もしかしたら熱が出るかも知れないからと、帰り際に長谷川から貰っていた鎮痛剤《ちんつうざい》に助けられている。午前中は大丈夫だったが、そろそろ薬が切れてきたらしい。

…自分がやり過ぎたのだと知ったのは、ホテルで過ごした日曜日の朝だ。目が覚めてトイレに立とうとしたのに腰が抜けて膝に力が入らず、結局長谷川に抱き上げられてベッドからトイレまで連れて行って貰っている。恥ずかしかったが、その時の魁にはどうしようもなかった。長谷川の車がなかったら、痛みできっと昨夜のうちに東京にも帰ってこられなかっただろう。電車で座れないし、座っても振動に耐えられなかったはずだ。

「…うぅう」

長谷川のことを思い出しただけで恥ずかしさで叫び出しそうになるし、実際昨夜自分の部屋でも発作的に奇声《きせい》をあげて姉に叱《しか》られていた。

それなのにベッドの中に入ると体が疼《うず》いてしまい、長谷川に抱かれた時のことを思い出しながら自慰《じい》に耽《ふけ》ってしまっている。こんなことは、初めてだった。

自分の手で肌に触れるだけで、長谷川を思い出してしまうのだ。

どれだけ彼に触れて貰い、感じて愛されたのか。自分自身で覚えている以上に、体のほうが忘れられないでいる。

「じゃあ何かに困ってる？」

「かなり」

即答した魁に、高園は改めて後ろの席へ体の向きを変えた。

「俺でよければ話を聞くけど？」

「…財布を落とした。多分、盗まれた」

「えっ⁉　一大事だろ、それ。どこで？」

「電車の中。昨日出かけてて、帰りに凄いぼんやりして電車乗ってたから。改札出る時に鞄が開いてたのに気付いた。定期はチェーンつけてて無事だったけど」

「うっかりお店か、家に置き忘れてた可能性は？　他の鞄とか…」

「それは絶対ない。電車乗る前に…あぁああ…！　どうしよう！」

高園の問いに魁は首を振ろうとして、途中で頭を抱えてしまう。

「か、魁やん？」

「最悪、財布はいいんだ！　たいして入ってなかったし。だけど中味だけ返して欲しい」

「中に大事なものが？」

「そう、すっごく大事なのが」

日曜日の夜、自宅まではと遠慮をした魁を、長谷川は適当な駅まで送ってくれた。帰り際、礼を告げて車を降りた魁は、長谷川から名刺を貰っている。

貰った名刺には変わった名前の後に設計事務所と続けられた社名が書かれていて、魁はすぐにその名前が読めなかった。だから家に帰ってからインターネットで読みかたを調べようと、その時はじっくりと見なかったのだ。

「何が入ってたの？」

「貰った名刺。自分から連絡します、って言っちゃったんだよ…」

魁は長谷川と別れてから名刺をなくさないようにと駅のホームで自分の財布に入れ、鞄をきちんと閉めてから電車に乗っている。

長谷川と過ごした時間のことで頭がいっぱいだった魁は、混んでいた車内で自分の鞄が開けられていたことにも気付かなかったのだ。

魁は長谷川に、自分から連絡をすると申し出てしまっている。

持っていたスマホが電池切れしてしまったこともあって、魁は長谷川に自分の連絡先を教えられなかったせいだ。…もし。

「…」

もし自分の連絡先を先に教えて、長谷川から連絡が来なかったら。

多分、だがきっと連絡が来ない可能性のほうが高い…と、聡明《そうめい》な魁は考えていた。

何故なら長谷川は自分よりもずっと大人で、自分がホテルの雰囲気や勢いに盛り上がって、しまったように、彼も一時の遊びを愉しんだのかも知れないのだ。

長谷川が不誠実な男とは思えないが、魁のことを『初対面で一晩を共にしてしまうような尻軽《しりがる》な少年』と判断されても…むしろそう判断されて当然の行為だった。

しかも長谷川は姉との見合いに来て、こちら側が会わずに断った相手だ。

連絡をくれる可能性よりも、もう来ないだろうと判断出来る条件のほうが多い。

…来ないかも知れない連絡を、焦《こが》れて待つのは辛《つら》い。

だから魁は自分から先に、長谷川へ連絡をしたかった。

食事や宿泊のお礼を兼ねた内容がメインのメールなら、返信が来なくても納得出来る。

「事情を話して、相手の人からもう一度名刺を貰えばいいのに」

もっともな高園のアドバイスに、魁は小さく唸《うな》った。

「それが…俺が知ってる連絡先って、その名刺一枚だけなんだよ。土日にお世話になったから、なるべく早くお礼のメールを送りたかったのに」

「？　その人とどうやって知りあったの？　また街中《まちなか》で芸能事務所に声かけられた？」

「いや、姉貴の…そうだ、姉貴！　痛ぇ！」

どうして忘れていたのか、唯一の繋がりに真結がいる。当然嫌な顔をするだろうが、食事のお礼をしたいからと頭を下げて頼むしかない。

我ながらの名案《めいあん》に魁は嬉しさに立ち上がり、その途端下半身に走り抜けた痛みに悶絶《もんぜつ》して再び椅子に座り込んでしまった。

●●●

真結は、夜の九時過ぎに帰ってきた。

先に食事をして自分の部屋にいた魁が、階下の気配にリビングへ行こうと立ち上がるよりも早くドアが開かれる。

「ちょっと、魁！　どういうことなの⁉」

その口調と気配から、真結が怒り心頭《しんとう》で部屋にきたようだ。

「どういうことって…何」

真結は一体何に対して怒っているのだろう。当然魁には心当たりはない。

普段なら下にいて魁を呼びつけるのだが、二階の部屋までわざわざ自分からきたのなら母親には知られたくない内容らしい。…ということまでは、推察出来た。

「魁、あなた私に嘘ついたの？」

「嘘ってなんだよ、嘘なんかついてないって」

「今日！　朝会社に行ったら電話があって、待ち合わせの場所に誰も来なかった、って言われたのよ？　どういうこと？　魁、会って断ったって言ったわよね？」

「会ったよ！　そしてちゃんと断ってる！　そんなすぐバレる嘘なんか、言わないよ」

「じゃあどうして向こうはそんなこと言ったの？　話を聞いて、冷や汗が出たんだから」

「知らないよ、俺は本当に会って、証拠《しょうこ》の名刺も…あ」

「何よ」

魁は真結の剣幕《けんまく》に押されないよう、一度深呼吸した。

「貰った名刺を、なくしてる。昨夜帰ってきてから、財布を盗られた話しただろう？　その中に相手から貰った名刺を入れてたんだよ。でも俺言われた通り、待ち合わせの場所で長谷川さんって人に会ってる。その後食事もご馳走になったんだ」

「…本当？」

「家に帰ってからきちんと見ようと思って、貰った時はフルネームまでよく見てなかった。まさかなくすなんて」

嘘をついている様子ではないと、真結にも伝わっているようだ。

「どういうこと…？」

困惑気な表情を浮かべている真結へ、魁は続ける。

「待ち合わせてた時間より早く着いて、それっぽい人がいたから俺から声をかけたんだ。長谷川さん？　って声をかけたらそうだ、って。名乗る前に俺のことカイ君って呼んでた。話も通じてたから、相手違いってことはないだろ」

「本当に？」

嘘なんかついていないから、魁は宣誓《せんせい》するように片手を上げて頷く。

「誓《ちか》って、嘘なんか言ってない。飯ご馳走になったから、お礼のメールだけでも出したくて。だけど名刺なくして、ホントに困ってた。姉貴が嫌かも知れないけど、連絡先を訊こうと思って待ってたくらいなのに」

嘘は言っていない。だけど長谷川の仕事先にくっついて行って、そのままホテルに一緒に泊まったことなど魁は全部を言えなかった。真結が断った見合い相手と、勢いで関係を結んでしまったことを知られたくないという気持ちが一番強い。

それと同時に仕事先に魁という無関係の人間を連れてきたことが万が一知られて、長谷川の仕事に何かしらの支障《ししょう》が出たらと警戒心《けいかいしん》が働いたからだ。

しかも相手は同性だ。同性愛者に対して風当たりの強い今の日本社会では、魁の警戒は過ぎるということはないだろう。それくらいは魁の年齢でも理解出来る。

「確かにその人だって証拠が…あー、それで名刺」

「会った証拠なんか、ないよ。証拠って言うならその名刺しかない。だけど飯食った店なら覚えてるから、そこの店の人に確認して貰ってもいい。客は俺と長谷川さんだけだったから。長身で姿勢がよくて、ちょっと不思議な雰囲気の人だった。あとイケメンだった」

「…本当に、どういうこと？」

「知らないよ。…相手の人は、俺に会ってないって？」

「待ちぼうけだったって」

もしかして。長谷川は日曜日に別れた後、魁との関係をとても後悔したのだろうか。だから『見合い相手が来なかった』ということにして、遠回しに魁を牽制《けんせい》したのかも知れない。…週末のことは全て、なかったことにしたいと望んだのか。

そう思うと、魁はさっきまでの舞い上がっていた気持ちから一気に急降下して、膝の力が抜けてしゃがみ込みそうになる。

「…姉貴。でも俺、本当に長谷川さんに会ってる」

明らかにショックを受けた様子を見て取り、真結が魁の髪に触れた。

「判った、私は魁の言葉を信じる。だって魁がそこまで嘘を言う必要がないし。会えなかったりすっぽかしたら、魁は私にちゃんとそう言ってくれるのを知ってる」

「姉貴…」

「だけど同じように、先方さんも嘘を言っているようには聞こえなかった。だから多分、どこかで擦《す》れ違いがあったのだと思う。元もと魁が相手の顔も判らないのに、断ってきてって無理強いしたのは私だし。私からきちんと謝罪しておくから」

「姉貴…もし相手も嘘を言ってなかったら。俺が会った人は、誰なんだろう?」

「…」

力のない魁の問いに、真結は答えられなかった。

〇〇〇

昼休み、ランチを食べながら何度目か判らない溜息をついた長谷川の様子に、真向かいに座って食べていた橘が顔を上げる。

「でもその子から連絡するって言ったんだろう？」

「言われたけど、来ない」

「まだ一週間しか経ってない。高校生は俺達社会人よりやること多くて忙《いそが》しいだろうが」

「つまり俺への連絡は、彼の中の優先《ゆうせん》順位として低いってことだよな」

頰杖《ほおづえ》をついて頼んだランチを途中にしたままの長谷川へ、橘は感心した表情を浮かべた。

「誰かに興味を持つなんて、ハセにしては珍しい。そんなにその子が気に入ったのか？」

「気に入った、というか…」

「？」

そんな簡単な言葉ではない、だけど長谷川自身どう表現していいのか判らない。

「こんなに誰かを気になったのは、我ながら珍しい、とは思う」

「だな。なりすましなら、本来の待ち合わせ相手である甲斐君の周囲の人間だと思ってたけど、そうではないみたいだし。人違い？　にしても、ハセとの会話に齟齬《そご》がなかったっていうのもなあ…。そういえば、待ち合わせ場所も間違えていたんだろう？」

「橘が東口と西口を間違えて俺に伝えたからな」

「うん、だから甲斐君のなりすましよりも、純粋な人違いだったんだろうな。ハセが会った『カイ君』って子も、偶然『長谷川』って人とそこで待ち合わせしていたんだと思う。限りなくゼロに近い、奇跡みたいな偶然だろうけど」

長谷川は再度深い溜息を吐き出す。

「あり得そうだ。俺の長谷川姓《せい》も珍しくはないからなあ。だとしたら、本当にお手上げだ。もしかしたら彼《カイ君》と繋がりがあると思って、本来約束していた甲斐君に会ってみたけど。フルネームを訊きそびれていても、気にならなかった」

彼に会ってそれほど自分が浮き足だっていたのだと、後になって気付かされている。

「ハセにしては珍しいよな、そういううっかりって」

「そりゃ…橘からの紹介だったし、フルネームを名乗《なの》らなかったのは相手が知られたくないとも思ったからな」

食べないなら、と橘は勝手に長谷川の定食からおかずを頂戴《ちょうだい》しつつ首を傾げた。

橘が食欲魔神なのは学生時代から知っているので、長谷川は今更《いまさら》と自由にさせている。

「知られたくない？」

「俺が男女両方大丈夫だけどほぼ男よりだって話を事前《じぜん》に聞いていても、用心して初めて会う相手にフルネームを名乗りたくなかったのかな、って思って。同性しか恋愛感情が持てないって感覚は、出来れば誰にも知られたくないと思うし」

だから予定外のホテル宿泊になった時に、彼を誘ったのだ。

彼が自分の悩みを切り出すきっかけになればいいと思ってのことだったが、そうでなければいくら好みの顔立ちだったとしても、初対面の男子を一晩の相手にと誘ったりはしない。

初めてだと告げていたのは肉体経験が殆どなくて初めてと大差がない、という意味だと思って彼を出来る限り優しく抱いたのだ。…もっとも挿入を果たした後は彼の体に夢中になり、年長者らしいリードをする余裕は全くなかったが。

「なるほどね、それは確かに言えるな。じゃあ名前以外で、何か手がかりとかないのか？」

「手がかり？」

「うん？　待てよ、その子、鷺ノ宮に通ってるって言ったんだよな？」

「彼が嘘を言っていなければ、だけどね」

「鷺ノ宮なら日野《ひの》ちゃんがいないか？　日野勇一《ゆういち》。あいつが教職就いたの、確かそこだろ？フルネームが判らなくても、『カイ』って子がいないか訊いてみれば？」

「…！」

思いがけない友人の名前に、長谷川は頬杖をついていた手から顎《あご》を浮かせる。

日野は学部は違うが橘と同じく大学の同期生で、まだつきあいがある友人の一人だった。

人づきあいが煩《わずら》わしい長谷川に比べ、マメで面倒見がいい橘が同僚でいてくれるからこそ残っている人脈だと言っても過言ではない。

長谷川が最小限のトラブルで比較的スムーズに今の会社に転職出来たのも、社長と以前からの知りあいだったことと、橘が同僚としていてくれたことが大きい。

そもそも以前の会社で微妙な立場にいた長谷川に転職を勧めたのも、この橘だった。

「だろ？　あ、いやちょっと待て、あいつ東京の仕事辞めて実家に帰るって言ってたよな？　いつだっけ？　まだいるかな」

「夏には辞めるって」

長谷川の話を聞きながら、橘はポケットから自分のスマホを取り出すとどこかへかけた。

「もしもし日野ちゃん？　仕事中悪い、今大丈夫？　実はつかぬことを訊くんだけどさ、お前まだ鷺ノ宮にいる？　うん、そこの…多分三年？　に、カイって苗字の生徒いる？」

『…』

橘の通話越しに声は聞こえるが、内容までは聞き取れない。

「実はハセが…うん、長谷川が人捜ししてて。もしかしたら日野ちゃんのいる学校の学生じゃないかって話なんだ。鷺ノ宮の三年生で、名前がカイってことぐらいしか…そうか」

「橘、日野ちゃんなんだって？」

普段は他人に無関心な長谷川が、テーブルに前のめりになって訊いてくる。

余程その男の子を見つけ出したい気持ちが強いのだと察しながら、橘はスマホのスピーカー部分を軽く押さえた。

「カイって苗字の生徒、鷺ノ宮にはどの学年にもいないって。ただし三年生に下の名前にならカイってつく生徒が一人いるって」

「そうか、下の名前の可能性も」

下の名前でも君をつけて呼ばれ慣れていたら、苗字と変わらずに反応するだろう。

「日野ちゃんがどうしてそんなことを訊いてくるんだ？　ってあれ？　これって、もしかして生徒の個人情報とか守秘義務《しゅひぎむ》とかに引っかかってないか？」

日野と電話をしながら思い至《いた》った橘からの問いに、長谷川は苦笑混じりで頷く。

「うん、ギリギリアウトで引っかかってると思う。…日野ちゃんに俺がその子の忘れ物を持っていて、持ち主を捜してるからって伝えて」

それらしい適当な理由を作った長谷川へ、機転《きてん》の訊く橘は指で了解のマークを見せる。

「ハセ、名前しか判らないんだって。だから…あー、どうだろう？　ちょっと待って。ハセ、今日忙しくないよな？　じゃあ午後、仕事の合間に行ってみよう」

橘は勝手に予定を日野と取り決めると、通話を切る。

「おい、学校へ行くって…高校なんか、そんな自由に行ける場所じゃないだろう」

「大丈夫大丈夫、俺鷺ノ宮出身なんだよ。偶然って凄いよなぁ」

「そうだったのか⁉」

　橘は笑いながら自分で親指を立てた。

「俺って、なんてお役立ちな親友！　そのカイって子、今日日直なんだって。ローテンションがデフォのハセを、そんなに惹きつけてる男子って俺も見てみたい」

「橘…だけどお前、忙しいだろう？」

　橘はちょっと考えるような素振りを見せてから続けた。

「ん－…だってさ－、お前あのことがあってからあまり…というか、皆無《かいむ》のレベルで誰かに興味とか関心とか向けなくなっていただろ？　だから正直、ちょっと心配していたんだ」

「…！」

「そんなお前が一回会っただけの、しかも自分よりも年齢が下の奴からの連絡を待ち焦《こ》がれてるなんて、意外レベル超えて驚き。そこまでお前を夢中にさせられる奴なら…お前が少しでも、元気になるなら俺は協力を惜《お》しまないってだけ」

　そう言ってくれる、面倒見のいい橘に長谷川は感謝の気持ちと共に静かに頷いた。

「はーあああ」

書きかけの日直日誌をそのままに突っ伏す魁の様子に、高園は苦笑いを見せる。

「うわ…何それ、凄い溜息だね。深呼吸？」

平日の放課後、校庭から賑やかなクラブ活動の声が聞こえ、帰宅組も既《すで》に教室にいない。この学校の清掃《せいそう》は昼休みにおこなわれるため、まだ教室に残っているのは日直か待ち合わせで誰かを待っている者くらいだ。

高園は生徒会役員だが今日は役員会がないので、魁と一緒に帰るために彼が日誌を書き終えるのを待っていた。

「違ぁう。もう溜息しか出なくてさー…あーあ」

本当に残念そうな魁の溜息に、高園は読んでいた文庫を閉じて顔を上げる。

まだ大人になりきる前の、年相応《としそうおう》の男子らしい健康的な爽やかさを持つ魁と、黒い艶《つや》やかな髪と黒目がちだが切れ長の瞳で美少女然とした高園は対照的な印象と容姿をしていた。

魁はカツラを被せてスカートをはかせても女子には見えないが、高園はこの学校の指定夏服である半袖の開襟《かいきん》シャツとチェックのパンツを履いていても女子と間違えられる。

身長だけで言えば、高園のほうが魁よりも高い。

「そういえば魁が探している人、別の人だったんだって？　なんだっけ、お姉さんの…」

「そう！　姉貴に頼んで、本来俺が会うはずだった人の写真見せて貰ったら別の人」

魁のスマホに真結からのメールで届いた見合い相手の男の顔は、長谷川ではなかった。

「他に手がかりは全くないの？　財布も見つからないんだろう？」

「あぁ」

唯一の手がかりと言えば、彼が設計を担当している奥日光のホテルくらいだ。

ホテルに電話をして長谷川の会社を訊こうとも思ったが、彼の連れだった自分が勤め先も知らないと思われては、どんな迷惑がかかるか判らない。

既に一週間が経ち、体の奥にあった痛みも消えている。そうなると長谷川とのことが本当にあったことなのか、魁の中であやふやになるような不安を感じた。

「変な虚栄心《きょえいしん》とか持たないで、俺の連絡先を伝えておけばよかったなー…。そしたら、もしかしたら向こうから連絡を貰えたかも知れないのに」

そう思うと、魁は泣き出しそうになるくらい気分が沈む。

「魁やん、そんなにまた会いたいんだ？」

「…逢いたい。リバーシが凄く強い人でさ、俺結局一度も勝てなかった」

「えっ⁉　魁やんがリバーシで負けたの？　じゃあ物凄く強い人なんだね」

「凄く、強かった。…多分、俺はそれでも手加減されてたんじゃないかな、と思う」

「それじゃあ尚更、その人に会いたいよね。魁やんボードゲーム好きなのに、強過ぎて身近な人じゃ物足りないもんね。全力で遊べる相手は貴重だよ」

「…そうだな。本当に、逢いたい」

自分がどうしてこんなに長谷川に逢いたいと思うのか、判らなかった。

また逢うことが出来れば、彼がその答えを持っているような気がする。

長谷川の腕の強さが恋しくて、背骨が溶けてドロドロになってしまうようなキスが恋しくて…彼の体温をまた自分の肌で感じたくて恋しい気持ちばかりが募っていた。

こんなに誰か一人の人にずっと心を奪われている経験は、魁は初めてだった。

長谷川から魁へ連絡を取る手段がない以上、自分が捜し出さなければこのまま永遠に縁が切れてしまう。なくした長谷川の名刺が、これ以上ないほど悔《く》やまれる。

考え出すと自己嫌悪のループに陥《おちい》りそうで、魁は気分を紛らわせるために再び日誌を書き始めた。最後の記入欄である『今日の感想』も簡潔《かんけつ》に一行レベルで終わらせるつもりだ。

「…もしかしてなりふり構わないで行動すれば、あの人のスーツの端っこくらいは摑めるのかも知れない。だけど俺が逢いたいって思っているほど、向こうはそうじゃないかも知れないと思うと…怖くてそれも出来ない」

半分独り言のような魁の呟きに、高園は頷く。

「手がかりが向こうの仕事絡みしかないなら、魁やんが慎重になるのは当然だと思う。自分が知らないところで実際は向こうに何か迷惑かけてた、なんてことになったら謝罪しようがないからね。俺達は社会人のしきたりって全く判らないし」

「高園」

「…俺が言ってもなんの慰めにもならないけど。魁やんとその人が本当に縁があるなら、また絶対会えると思うよ。もしかしたら魁やんが気付かなかっただけで、思いがけない身近な縁だった…なんて可能性だってあるかも知れないんだし」

「あー、そうだといいなあ。高園がそう言ってくれると、本当にそんな気がしてくる」

「そうだよ、元気がないの魁やんらしくないしさ。なんだっけ…自分の願いが叶《かな》うって信じていると、本当にそうなるとかって言うだろ？　そんなつもりでいたらいいと思う。魁やんその人と会ってから、なんか雰囲気変わったし」

「え…そ、そうか？　どっか変？」

「違うよ。悪い感じに印象が変わったわけじゃなくて、その逆。しっとりと落ち着きが出て…妙に艶っぽくなった？」

「それは…」

長谷川に口説かれ、体を重ねたことまではさすがに高園には言っていない。

それでも自覚なく滲《にじ》み出てしまう何かがあるのかと内心慌てる魁へ、高園は笑いながらヒラヒラと手を振った。

「艶っぽくなったって言うのは、半分冗談。どちらかというと大人っぽくなったって感じ」

「…なんだ、それ」

「魁やんが捜しているその人は年上の人だから、きっと無意識のうちに凄く刺激的な影響を受けたんだと思うよ。…俺達は早く大人になりたいから」

「そういうことを言っているうちは子供なんだって、姉貴が言ってた」

親友の励ましに、魁も抱えていた緊張がほぐれていく。その緊張はずっと長谷川に逢いたいと強く願う気持ちと、その手段がないことへの焦りから生じていたものだ。

「はは、そうかもね。魁やんのお姉さん、厳しい。…ほら、早く日誌書いて帰ろう」

高園に促され、魁は慌てて日誌の残りを書くために手を動かし始めた。

○○○

魁が自分の教室で日誌を書きながら高園と話をしていた頃、来客用の駐車場に白のベンツが停車していた。

「おー、懐かしい母校。…って感動するほど、あんまり変わってないなあ」

「卒業してまだ十年足らずじゃ、そう変わらないだろう。…それにしても橘がこの学校出身で助かった。こんな偶然ってあるものなんだな」

学長に挨拶をしてから、日野を待つために職員室に向かう。応接室で待つように勧められたが、職員室のほうが生徒の出入りがあるので探しやすいからだ。

私立の学校のため、生徒会長だった橘を知っている教員もまだ多い。橘はそんな職員達に会いに来たのだというスタンスで職員室を愛想よく挨拶してまわり、そのまま日野を待たせて貰っている。一緒にいる長谷川から見ても、橘の行動に不自然さは全くない。

二人は職員室にある窓際のソファセットに案内され、日野を待つ間のんびりとグラウンドを眺《なが》めている。

「…お前がいて助かった」

女性教員に出して貰ったコーヒーを飲みながら、長谷川は隣の橘に小さく呟く。

「おう、もしビンゴだったら奢《おご》れよ」

「いくらでも」

「だからもう、そんなにへこんでるなよー？　南紀《なみき》さんも心配してたからな」

「へこんでないよ。…南紀さんが？」

「嘘つけ、ガチでへこんでたくせに。南紀さん今、社長の抱えてるプロジェクトの補佐してるだろ？　だけど手が足りなくて、俺も手伝ってるんだよ」

「そういえばそう言っていたな」

「だって南紀さんのお仕事、面白いことやってるからさ。それで…この間残業している時に、お前が元気ないみたいだけど、って。もし人間関係で何か悩みがあるなら、訊いてみてくれないかって」

「それで橘は、なんて返事したんだ？」

「あー、なんか若い子に片思い中らしいから、って言っておいた」

「お前…」

容赦《ようしゃ》のない橘に、長谷川はそれ以上言葉が出ない。

「嘘は言ってないし、それくらい元気なら大丈夫ですね、って南紀さん笑ってたからな」

「…」

今は何を言っても分《ぶ》が悪いと察し、長谷川は無言でコーヒーを啜《すす》る。

って来た。


「すまん、待たせた。久し振り」

廊下から聞き慣れた賑やかな足音が聞こえてきたのと同時に、道着姿の日野が職員室へ戻って来た。

「おっす、お前がこの学校去る前に、二人で先生っぽい姿を見に来た」

橘はそう言って笑い、二人がここへ訪ねて来た理由を知っている日野も頷くと日誌の棚を確かめてから彼らの近くに立つ。この立ち位置なら、他の職員には聞こえない。

「カイは今日の日直で、まだクラスの日誌を戻しに来てない。日誌を届けに職員室に来るはずだから。来る時に学年と組を名乗るから、すぐ判ると思う。目を惹く子だし」

「目を惹く？」

「綺麗な…というのとも違うんだけど、整った容姿の印象的な子なんだよ」

日野の言葉に、橘は長谷川へと肩を寄せる。

「なんかビンゴっぽくないか？　そのカイ君って子も、整った顔していたんだろう？」

「容姿の評価は主観だから、俺の言葉では判断つかないって言ってなかったか？」

「そうだっけ？」

橘の皮肉を無視し、長谷川は改めて日野に顔を向けた。

「助かるよ日野ちゃん、ありがとう。急に職場に訪ねてきて悪い」

長谷川の礼に、日野はどういたしまして、と笑う。

「普段万能なハセちゃんの助けになるなら、喜んで。…でもどこでウチの生徒と知りあったんだ？　顔も判らないなんて」

「いや、顔は判ってるんだけど…。連絡手段があると思っていたから、その時には熱心に訊かなかったんだ。その時もここの学校の生徒だって聞いただけで、確認もしてない。今度説明する」

「あぁ…っと、すまん。俺ちょっと途中で抜け出してきてるんだ、またすぐ戻るからこのまま待っててくれ」

長谷川は壁の時計を見て確認してから、そう言ってまた慌ただしく職員室を出て行く。

…日野と入れ替わるように、三年A組の日直が職員室のドアをノックする音が響いた。

「三年A組日直です、日誌を提出に来ました」

職員室内に響いた涼しげな声に、長谷川と橘は同時に振り返る。

違う。

そう呟きそうになり、長谷川は唇を軽く嚙み締めた。

「…違うのか。凄い綺麗な子だけど」

表情から読み取った橘に小さな声で問われ、長谷川はかすかに頷く。

「あぁ」

その声は自分でも内心驚くほど、感情が抜けてしまっている。

日直の少年は「カイ」では、なかった。

よく笑い、話していた「カイ」は、自分の身元を偽《いつわ》るような少年には見えなかった。

だからこそ長谷川は、目の前で裏切りにあったような気分になる。

あのことがあってから、自分の中に特別な存在を作るのはもう懲《こ》り懲《ご》りだ。長谷川はずっとそう思っていた。

だがカイとの出逢いは、そんな長谷川の決意の壁を易々《やすやす》と飛び越え、簡単に彼の深い部分に許させてしまっていた。

「一応彼の名前、訊いとく？　それか彼の友人で、先週ハセに会ったと話していた友人がいないか。もしかしたら彼の名前を借りた友人の可能性があるかもよ」

橘の提案に、長谷川はやんわりと首を振る。

「いや、そこまではもういいよ」

「…」

長谷川の返事に橘は一瞬物言いたげなまなざしを向けただけで、それ以上ゴリ押しはしなかった。

結局二人は、日誌を置いて職員室から退出する少年を無言で見送ってしまう。

再び戻ってきた日野に違うと報告をしてから、二人は職員室を後にした。

「…別人、か」

車を停めてある駐車場に向かいながら、独り言のように呟く長谷川の声は小さい。

「…なあ、ハセ。俺、思うんだけど」

「何」

「ハセが会った『カイ君』ってさ、自分を騙《かた》るような子だったのか？」

橘に問われ、長谷川ははっきりと首を振る。

「…いや。少なくとも俺には、そんな子には感じなかった」

「じゃあ、きっと違うんだろ」

「違う？」

長谷川に倣《なら》い、橘も車の前で立ち止まる。

「うん。…俺はハセのこと大学の時から知ってるけど、人を見る目がないとは思えない。だけど、その子には惹かれたんだろう？」

「あぁ」

「一緒にいて、過ごした時間は愉しかったか？」

「そうだな。…いい子だったんだ、本当に。年齢の差はあるけど、話して愉しかった」

だから奥日光まで誘ったのだ。惹かれてベッドに誘ったのは、自分のほうだ。

「じゃあ、接客業に馴れている様子だったか？」

「その逆」

「だよな。お前がそういうの、見抜けない男じゃないし。…だったら」

橘は一呼吸置き、続けた。

「尚更だ。多分これは、後になって知れば取るに足らない、小さな食い違いなんだと思う」

「…」

「もっと自分の見る目を信じて、その子を待ってみれば？　もしかしたら、なんらかの事情でお前に連絡したくても出来ない状況でいるかも知れないだろ」

「そうかな…痛っ」

励ましてくれる橘に、気落ちした気分でいた長谷川はそう一言を返すのが精一杯だった。

そんな長谷川の背を橘は乱暴に叩《たた》いてから、持っていた車のキィを放り投げる。

「おっと」

「ちょっと卑屈《ひくつ》過ぎ。そんなんだと、せっかくの好機《こうき》を見過ごすことになるぞー。帰りはハセが運転しろ、バカ」

「そのバカに運転させるのか」

受け取り損なった長谷川は、苦笑いしながら足元に落ちたキィを拾うために屈み込んだ。

「…」

ちょうどそのタイミングで駐車場出入り口を横切る二人の学生を、鍵《かぎ》が開くのを待っていた橘がぼんやりと見送る。

そのうちの一人は、先程職員室に来ていた三年生の日直だ。

長谷川はいい、と断ったが、橘はどうしても気になって彼の名前を日誌で確認している。

日誌に書かれていた名前は尾道魁。

魁のフルネームを知らなかった二人は、代わりに日誌を届けに来た高園が尾道魁だと思ってしまった。

鍵を拾うのを待つ橘がぼんやりと見送っている二人の学生のうち、日誌を届けた高園の隣を歩く学生が本当の尾道魁であり、長谷川がずっと連絡を待っている本人だとは魁の顔を知らない橘には判らなかった。

…長谷川が橘の機嫌を損ね、運転を代わるために足元のキィを拾うことがなかったら。

高園に日誌の提出をして貰わずに、魁が自分で職員室に行っていたら。

距離にして二十メートルもない先にお互いがいたことに気付かないまま、長谷川と魁はそれぞれ溜息と共に学校を離れたのだった。

長谷川がカイと出逢ってから月表示のカレンダーは二枚も捲《めく》られて、季節も移っていた。

カイからの連絡はなく、手がかりもないまま。

○○○

カイには自分と逢う意思はもうないのだと判断した長谷川は、幸いにも忙しい仕事に没頭することで苛立《いらだ》ちや残念な気持ちを紛らわせる日々を過ごすことが出来た。

「…」

一期一会《いちごいちえ》の縁など、これまでいくらでもあった。少し容姿のいい人も、性格の明るい年下も知っている。恋人がいない時にぬくもりを分けあった人もいた。

だからカイが特別の何かがあったわけでは、ないはずなのだ…多分。

「長谷川さん、ちょっといいですか」

ちっとも仕上がらない図面を見つめていた長谷川の部屋のドアがノックされる。

「はい」

振り返ると、同僚の南紀だった。この会社で社長から有能な設計士にだけ個室を与えられている、正確には一番最初に部屋を与えられていた社員であり、転職してきた長谷川は一番最後になる。

彼はこの会社が青山に拠点を定めてから在籍しており、実質社長の右腕の存在だった。

「実はお願いがあって」

「私にですか？」

童顔で小柄な南紀は若く見られがちだが、実際は長谷川よりも年齢が上になる。だが彼は普段から誰に対しても言葉遣いは丁寧だった。

「実は急ぎの仕事が入り、社長の補佐をしなければならなくなったんです」

その話は朝出社した時に、噂《うわさ》として聞いている。この会社の社長でもあり有名な設計士でもある榛葉《しば》和之《かずゆき》は国内でも有数の実力者として認められているが、元は海外での活動を主にしていた。海外で有名になり逆輸入の形で日本へ戻り、この青山に事務所を構えている。

そんな事情から海外で手がけた仕事のフォローを度々おこなわねばならず、時には今回のように他の予定を全て後回しにしてでも対応しなければならないことがあった。

実際社長の榛葉は先週渡航したまま、まだ日本に戻ってきていない。仕事先で手が足りず、南紀を呼び寄せることにしたのだろう。

「そうみたいですね」

「それで…私が担当していた『STUDIO《スタジオ》・berry《ベリー》』さんと進めている合同企画の、プロジェクトリーダーを長谷川さんに代わっていただけないかと」

「私がですか？」

南紀は頷くと、申し訳なさそうに頭を下げた。

「長谷川さんが『緑の森ホテル』の分館作業にお忙しいのは重々承知しています。手を出せなくなる私が肩書きだけのリーダーをしていても、仕事に支障しか出ません」

それは長谷川から見ても、賢明な判断だった。プロジェクトリーダーは企画進行の舵《かじ》取りをおこなう存在だ。既に終盤を迎えているとは言え、リーダーの働きによって企画の出来そのものが左右されると言っても過言ではない。

「でもそろそろ終わりのプロジェクトですよね？　主要メンバーだった橘さんにリーダーをお願いするのは？　携わっていたんだし、俺よりも内容を把握している…と、思いますが」

長谷川の提案を聞く南紀の表情が、次第に苦笑混じりになる。

「勿論、橘さんに真っ先に打診したんですが」

南紀が見せた表情の意味が判るから、長谷川も微妙な笑顔になった。

「やっぱり、断られましたか」

「…ええ、即答で。かといってリーダー不在というわけにはいきません。この企画内容なら長谷川さんは以前の会社での経験値もありますし、リーダーにも向いています。橘さんがサポートとして入ってくれることになっていますし…お願い出来ませんか？」

南紀の相談は、そのまま社長からの指示と受け止めて間違いない。

ホテル分館の仕事は今安定しているし、業務には支障ないだろう。

「…判りました、やらせて戴きます」

今よりももっと忙しいほうが、きっと気が紛れる。以前社内でまわされる企画書を読んだが、仕事として面白いプロジェクトだった。

承知した長谷川に、南紀はやっと安堵《あんど》の溜息をつく。

「助かります」

「そのかわり、橘さんをコキ使…もとい、沢山手伝ってもらいます。この企画はあいつの苦手分野だし、俺に押しつけたのは判ってますから」

「ははは」

「あと、社長にボーナス下さいって、ついでにお願いして下さい」

これは長谷川の冗談なのだが、南紀は判っていながらも真剣に頷く。

「無理をお願いする仕事なので、社長にその旨を強く推《お》しておきますね」

詳細《しょうさい》は後で、と部屋を去る南紀の後ろ姿を長谷川はドアに寄りかかって見送る。

「…身長は、南紀さんぐらいだったよな。…と」

零れた呟きに、長谷川は自己嫌悪で小さく舌打ちした。

諦めると決めたはずなのに、まるで火を熾《おこ》した炭のようにカイの存在が長谷川の胸をいまだにジリジリと焦がし続けていた。

夕食を終えた魁はそのままリビングのソファで仰向けになり、学校の帰りに買ってきた料理雑誌を広げていた。テレビはついているが、全く観ていない。

「…」

だがすぐに雑誌を閉じて俯せになると、そのまま雑誌をソファの下に滑り落とす。

気晴らしにと思って買った雑誌だが、ちっとも頭に入ってこない。

「うー…、やっぱり雑誌の選択失敗したかなあ」

雑誌の表紙には、この号で特集が組まれている美味しそうなナンとカレーが写っている。

色々なカレーの店が紹介されている記事を読むだけで、魁は長谷川と過ごした時間ばかりを思い出してしまい、今はその思い出そのものが辛く感じるようになっていた。

「もう、二ヶ月も経っちゃったよ…」

魁はどうしても気になって、以前長谷川に連れて行って貰ったカレー店を訪ねたことがある。だが平日の午後ということもあって、店は夜の開店準備のために閉まっていた。

学校のある平日では店の開いている時間帯に来ることが出来ない。それならと、あの日と同じ土曜日に再び一人で訪ねると、今度は社員旅行でお休みする旨の貼り紙がされていた。

全くタイミングが悪い。

「なんか、俺が長谷川さんと逢うのを邪魔されてるみたいだよな」

自棄《じき》気味でそう呟いてみたが、魁は自分で判っている。これはただの八つ当たりだ。

「高園は縁があったらまた逢えるって言っていたけど。それって一体いつだよ…一年後？それとも五年後？　もしかしたらもっと先？」

…違う、魁が逢いたいのは今だ。

「長谷川さんが姉貴の見合いの相手じゃなかったんだから、あんな男前フラフラしてたら周囲の女が放っておかないだろ…。あの人、絶対モテるタイプだし」

こうしている間にも、自分よりずっとずっと魅力的な誰かと出会っていて、そして長谷川にとって特別な人になってしまうかも知れない。

「あー、クソ…！」

別れ際、必ず自分から連絡すると約束したのに、連絡どころかお礼のメールも送ってこないだらしのない人間だと呆《あき》れられてしまっていてもおかしくないのだ。

「もしかしたら呆れる以前の、どうでもいい相手にしか思われてなくて忘れられてるかも」

呆れられるより、忘れられてしまうことのほうが何倍も辛い。忘れられることはイコール、自分が相手にとってこの世に存在していないに等しい。

「俺はちゃんと、長谷川さんのことを覚えているのに」

せめて、長谷川がどこの誰なのか知ることが出来たら。すぐに連絡が出来なかった理由と、その詫びだけでも伝えたかった。

「…違う」

だがすぐに魁は自分のそんな言い訳を否定する。

「本当は…逢いたいんだ」

逢って、彼に許されて、触れたかった。

長谷川の気の迷いでも、かまわない。あの夜のことは本当に夢ではなかったのだと、肌で触れて確かめたい。…思い出そうとするだけで体の奥が疼くほど、焦がれている。

「長谷川さんに、逢いたいなあ」

リビングに一人でいるのをいいことに、思わず呟かずにはいられない。

なのにその術だけが、ないなんて。

フルネームではないにしろ、名前も顔も判っているのに捜せない。

「あーあ、街のどこかで擦れ違ったりしないかなあ。ホントに、どこにいるんだよ…」

解決策のない思考に疲れ、魁はテレビをつけたままで不貞寝《ふてね》を決め込む。

玄関で家族の誰かが帰宅した音が聞こえても、魁は顔も上げなかった。

「ただいまー、ねえ魁いる？　ちょっとお願いがあるんだけど」

「…」

どうやら帰ってきたのは真結らしい。呼ばれているのにわざと寝たふりをしているのは、帰宅早々真結に呼びつけられるお願いにいいことがないのを経験上知っているからだ。

「…。起きて、魁！」

「ぐえ！」

ソファで寝ている姿を見つけた真結は、容赦なく通勤バッグを魁の背中に落とした。

「痛ってぇな、何す…」

その衝撃に驚いて体を起こした魁へ、真結は見下ろしたまま訊ねる。

「呼んでるのに、寝たふりしてるからでしょ。ねえ、お母さんは？」

「さっきお父さんから電話があって、車で駅まで迎えに行ってる」

「仲いい夫婦ねえ。じゃあ当分帰って来ないかな…ちょっと待って、魁もドコ行くの」

リビングから逃げ出そうとしていた魁は、すかさず真結に呼び止められ立ち止まった。

「ドコって…自分の部屋に戻ろうと」

「戻る前に私の話を聞いてよ」

「やだよ」

魁のお断りを無視し、真結は話を進める。

「あのね、明日からお弁当を作って欲しいの、二人分」

「聞けよ、人の話。…ん？　二人分？」

面倒を押しつけられるだけなので真結の話を聞いてはいけないと判っているのに、つい好奇心に負けてしまう。

「なんで二人分？」

「そう。私の分と、あともう一人」

魁の問いに、真結は指をもじもじさせながら恥ずかしそうに視線をそらした。

「えーと、まあ…そんな感じ？」

「な…彼氏の弁当なら、自分で作れよ！」

「それが出来るくらいなら、魁に頼んでない！」

「自分で出来ないのに、なんで引き受けてくるんだよ…」

「魁にお願いしようと思ったから。それに。今までのお弁当は私が作ったものじゃありません、なんて今更言えるわけないでしょ？」

「嘘つくからそうなるんだろ…。弁当なら母さんに頼めよ」

「お母さんに頼んだら、一緒に作ろうって言われちゃう！　それにあの人、魁のお弁当食べて美味しいって言ってくれたのよ」

真結はそう言って、顔の前で両手を合わせてお願いのポーズを取る。

「ね、お願い魁！　しばらくの間だけだから。その間にちゃんと彼の気持ちを摑みたいの」

「俺で摑んでどうするんだよ…」

摑みたいのはそいつの胃袋だろ、と言いかけて魁は言わずに飲み込む。

「お願いお願い！　彼、凄くモテるの。やっと仲良くなれるきっかけが出来たの、彼のこと好きなの。だから協力して、お願い…！」

「…っ」

こんな必死な様子の真結を、魁は見たことがなかった。

「少しでも、彼と一緒にいたいの…」

その気持ちは、今の魁にも判る。魁が一緒にいたい相手は、まだ見つからないが。

「…判った、協力するよ」

途端、真結は表情を明るくする。

「本当？　ありがとう、魁！」

彼氏を騙《だま》すようで正直気は引けるが、姉のためなら仕方がない。

「その代わり、姉貴はどうにか少しでも自分の料理の腕を上げておけよ。俺、ずっと彼氏を騙したままなのは嫌だからな」

「お弁当くらいでそんな後ろめたくならなくても大丈夫よ」

「いやそれ、姉貴が言うな…」

「じゃあ明日からお願い」

「明日ぁ!?　ちょっと待って、何か作れるのあったかなあ…」

魁はソファから立ち上がると、食材を探しにキッチンへ向かった。真結も後に続く。

一般家庭にしては大きい冷蔵庫を開いて中を覗くと、食材は揃《そろ》っていて何を作っても明日のお弁当には困らなさそうだ。

「その彼氏、何か駄目な食べ物とかある？　それから何してる人？　外まわり？」

小食な真結のお弁当ならともかく、相手が男性なら量も増やして腹持ちがいいものにしたほうがいいだろう。もし外出が多い業務なら、時間が経っても美味しいものにして…。

「嫌いなものも、アレルギーもないって。いつも社内《フロア》でデザインとかしてる人よ」

魁は冷蔵庫を閉めると、背後の真結へ振り返る。

「何彼氏って、職場の人？　後で面倒になるのが嫌だから、社内恋愛はしないって以前言ってなかった？」

「うーん、そうなんだけど。あの人は別」

別というのは特別、という意味だと魁にも判る。

そんなことを言える真結が、今の魁には羨ましくてたまらなかった。

「あ、そ…。その人、前に言っていた好きな人？」

「うん」

真結の答えに頷いた魁の頭の中ではもう、明日のお弁当の献立《こんだて》は出来上がっていた。

長谷川《はせがわ》が後任を託されたプロジェクトは、ほぼ最終段階の進行状態だった。

「…ここまできておいてプロジェクトから離れるのは、南紀《なみき》さんも残念だっただろうなあ」

共同企画の相手であるデザインスタジオに、長谷川と補佐役として橘《たちばな》が同行している。

通された会議室で一緒に来た他の社員達と共に次々と遅れていた必要な案件を処理し、休憩からそのままランチタイムの流れになった。

両社合わせて十人ほどのスタッフ達がお昼をとるために、それぞれ席を離れていく。

長谷川と橘はすぐに離席せず、南紀から託された大量の書類に何度も目を通していた。

顔合わせは今日で二回目になるが、申し送り内容と実際の打ち合わせに不備などないか確認するためだ。

「だからこんな終盤《しゅうばん》で俺に担当が変わっても大丈夫だったんだろう。これからは週に何度も打ち合わせが必要でここへ来ることになるが、南紀さんの予定通りに進行している。懸案《けんあん》も想定内で済みそうだし、なんとかなりそうでよかったよ」

「代打とは言え、ウチの設計事務所のナンバー2のハセがプロジェクトリーダーになったことで先方さんからも文句は出なかったしな。妥当《だとう》な人選だ」

〇〇〇

「橘のほうが何年も先に入社しているんだし、お前がナンバー2だろ…」

「ウチに来る前は、大手の設計事務所のセンター長を務めていた前歴《ぜんれき》持ってるのは誰だっけ？　こっちのデザインスタジオで、お前を見知っていた人が何人もいただろう？」

「今回のプロジェクト、忙しい南紀さんのサポートはほぼお前がやっているじゃないか。人にリーダー押しつけやがって」

食い下がった長谷川に、橘はわざと惚けた表情を浮かべる。

「だって管理の仕事嫌いだから」

「それを堂々と言い切って、断り抜くところまでがお前だよ」

「俺よりハセのほうが向いてるって。こんな時にハセの前歴って経験値《スキル》が生きてくるわけだし。榛葉《しば》設計ではお前を代打リーダーに据《す》えることで、このプロジェクトについて蔑《ないがし》ろにするつもりはないと意思表示が出来ているし、ここのデザイン会社もそう受け止めてる」

「…だが」

「俺がリーダーで妥当なら、戦線離脱する可能性のあった南紀さんをリーダーにするくらいなら最初から俺にしとけよ、って思われるだろう？　俺が仕事相手ならそう思う」

「…」

そう言われてしまうと橘の言う通りなので、長谷川はぐうの音《ね》も出ない。

橘はそんな長谷川の胸元を人差し指で突《つ》いた。

「俺はね、別に実力相応の給与が貰《もら》えているなら肩書きはどうでもいいんだよ。表立った責任者をやらされるより、そういう立場になった奴《やつ》のサポートをするほうが面白いし充実感もある。正直肩書きつけられて、無駄な気苦労とかはしたくないワケ」

昔から変わらない橘らしい言葉に、長谷川は片手で頭を抱える。

「お前はそういう男だったよ、全くブレない」

そして橘はそんな長谷川へ、得意そうに顎《あご》を反らせた。

「だろ？　社長は俺達の使いどころをよく知ってる。適材適所」

「…まあ、そうだな」

「納得して貰ったところで、そろそろ昼飯食いに行こうぜ。このあたりって、確かランチが食べられる店が少ないんだよなー」

橘に促《うなが》され、長谷川も立ち上がる。

その時、二人以外もう人がいなくなっていた会議室へ戻ってくる姿があった。

「あの…長谷川さん、お昼はこれからですか？」

耳に心地好《よ》い柔らかな声。今回の企画のインテリアデザインを担当している真結《まゆ》だった。

細くて白いその手には、保冷機能のついたランチボックスを下げている。

「ええ、これからです。近くにコンビニがあったので、なければそこで…」

「あの！　もしよければこれ、食べて下さい…！」

真結は長谷川の言葉を遮《さえぎ》るようにして、ランチボックスを両手で差し出した。

「尾道《おのみち》さん？」

「先日の打ち合わせの時に、ここの周辺ではあまり食べるところがないから、お弁当作ってきますってお話させて貰ったので…その…」

そう告げた真結は耳まで真っ赤にしたまま、声は震えていた。

「あぁ、確かそんなお話を」

「あの…多分、美味《おい》しいと思います」

そう言って再度差し出されたランチボックスを、長谷川は驚いて見つめる。

「これ、尾道さんが？」

「ええと…はい」

頷《うなず》く真結の声は控えめだ。

そんな彼女に気付かれないよう、橘は長谷川の背に拳《こぶし》をぶつける。

「いいなあ。尾道さん、俺の分はー？」

「うっ…！」

「！　すみません、長谷川さんの分だけなんです…」

申し訳なさそうに真結に謝られ、橘は再び長谷川の背を小突いた。

「痛っ…！」

「それなら俺は一人寂しくお昼を食べてくるわー、二人でどうぞごゆっくりー」

「おい、橘…」

ドアの前に立っていた真結の横を通り過ぎながら、橘は行儀悪く長谷川に向けて舌を出すと一人で出て行ってしまう。

その背中を見送ってから、真結はもう一度深く頭を下げた。

「すみません、長谷川さん。なんか勝手なこと、してしまって…」

「顔を上げて下さい、尾道さん。あなたが謝る必要はないですよ」

「でも…」

長谷川は手をのばし、真結からそっとランチボックスを受け取る。

「先日の他愛ない話を覚えて下さっていて、ありがとうございます。お弁当、戴《いただ》きます」

途端、弾《はじ》かれるように顔を上げた真結は明るい表情で笑顔を零《こぼ》した。

「こちらこそありがとうございます…！」

嬉《うれ》しくてたまらないと、目の前に立つ長谷川にも伝わる蕩《とろ》けそうなその表情が、ふいにずっと連絡を待ち続けて叶《かな》わなかったカイと重なる。

長谷川は半分自己嫌悪の気持ちで、会議室の天井《てんじょう》を仰《あお》ぐ。

真結は以前勤めていた会社の時からの顔見知りで当然カイのほうが後だし、男女の性差もある。かなりレベルの高い顔立ちだったカイは、女性に見間違えるタイプではない。

記憶力のいい長谷川は真結を覚えていたし、ここで再会した時もすぐに名前が出ている。

だがカイと初めて逢った時、長谷川は真結のことはカケラも浮かばなかった。

なのに何故《なぜ》今、真結を見てカイを思い出したのだろう。

「…重症か？」

自問しても、勿論《もちろん》答えなど出ない。だから長谷川は答えを探すしかない。

「じゃあ、あの私これで…。すぐにここへお茶を持ってきます」

お弁当を渡して部屋を出ようとする真結を、長谷川はつい呼び止めてしまう。

「せっかくだし…よければ一緒に食べませんか？」

「…‼　いいんですか」

手作りのお弁当は、まだ長谷川の中で癒《い》えていない遠い日の辛《つら》い思い出を刺激する。

だからいつもの長谷川なら、せっかくのお弁当でも受け取らなかったはずだ。

もし強引に押しつけられても礼だけを告げて、手をつけずに捨ててしまっていただろう。

だから何故真結のお弁当を受け取って一緒に食べようと自分から誘ってしまったのか、長谷川も理解不能で正直混乱していた。

その半面、今の行動の全ての起因はカイにあるのだと、頭のどこかで冷静に分析している。

おそらくもう彼には逢えないのだろうという諦めが、記憶の中で擦《す》り切れてしまいそうなカイの輪郭《りんかく》をなぞろうと、思い出させるあらゆるものを掻《か》き集めようとしていた。

●●●

「ただいまー」

魁が自分の部屋で勉強をしていると、真結の帰宅の声が階下から響いてきた。

「……」

聞こえてきたその明るい声に、どうやら今日持たせたお弁当は大丈夫だったらしいと魁はほっと息をつく。

「魁ー、いるー？」

「いませーん」

階段の下から自分を呼びつける声に、魁は机の前から動かないまま小さく返事をする。

階段を上がってくる音が聞こえたと思ったらすぐに、ノックもなく部屋のドアが開いた。

「魁、いるなら返事しなさいよ」

「したよ、おかえり。お弁当どうだった？」

魁の問いに真結は上機嫌でピースサインを向ける。

「大丈夫、凄《すご》い美味しい、って言って貰えたよ。今風のお弁当だね、って」

「そっか、よかった」

真結くらいの年齢の女性が作りそうなメニューを意識したのだが、大丈夫だったらしい。味見もしているし自信がなかったわけではないが、たとえ社交辞令《しゃこうじれい》でも美味しいと言われたらやはり嬉しかった。

「お弁当の中にあった…あれ、何？　粉に何か混ぜたクレープ？　春巻きみたいにサラダをくるって巻いてた…」

「クレープ？　あぁ違う、それクレープじゃなくてガレット。まあそば粉のクレープだけど。サラダを巻いておくと食べやすいと思って…って、朝に何が入ってるか俺、説明し…」

「そうそう、彼もそう言ってた。ガレット！」

思い出した真結は軽く手を打って、魁の言葉をわざと遮る。

「姉貴が作っていることになっているんだから、ちゃんと説明出来ないと駄目だろ…。あれ？その人、サラダを巻いていたのがガレットって気付いたのか？」

男性でガレットだと判《わか》るのは珍しい。近頃はカフェ系の店で出されることも多いが、どちらかというと女性が好むメニューだ。

「そうみたい。こういう使いかたもあるんだ、って驚いてた」

きょとんと首を傾《かし》げる真結に、魁は溜息《ためいき》が出そうになる。

「…中にベーコンと目玉焼き落として作ったことあるだろう？　あれの皮だよ」

「あ、言われてみれば。お店のより口当たりがよくて、美味しいって」

「それはガレットに…」

説明しようとする魁の言葉を無視して、真結は一枚のメモを渡した。

「言われても判らないから、いい。はいこれ」

「いいのかよ…。？　これなんの日程？」

見ると、今月末までの日付が週に何日か書かれている。

「お弁当作って欲しい日」

「こんなにあるのかよ…。ていうか、毎日じゃないのか？」

「毎日じゃない。向こうの会社と共同プロジェクトで仕事しているの。最初は他の人がプロジェクトリーダーをしていたんだけど、彼と交代したのよ。週に何度か来るから。彼が前の会社にいた時に知りあったんだけど、辞《や》めちゃってずっと会えなかったの」

共同プロジェクトで再会したことがきっかけで、つきあうようになったのだろうか。

「ふーん」

姉の恋バナにはたいして興味のない魁は、話半分で聞きながら頭の中で整理する。

メモの日付はその男性が共同プロジェクトで会社に来る予定日のようだ。

「…他に何か、お弁当の内容で言っていたことあった？」

「緊張して覚えてない。でも好き嫌いはないそうだから、大丈夫だと思うよ？」

「じゃあ、色々入れてみるから感想だけ聞いてきて。姉貴のボロが出ないように、どれが一番美味しかった、とかその程度でいいから」

「判った、ありがとう魁」

「いや、俺のお礼はいいから…。その人がガレット好きなら、せめてそれくらいは作れるようにしろよ。粉混ぜて焼くだけなんだから。俺が作ったものを美味しいって言われるよりも、多少残念な出来でも自分で作ったものを食べて貰ったほうがいいだろ」

「…うん。頑張る」

頷きながらも自信なさそうな真結に、魁は小さく溜息をついてから立ち上がった。

「明日もお弁当要るんだろう? 明日の下拵《したごしら》えしとく。彼氏が食べ物に無頓着《むとんちゃく》じゃないみたいだから、手抜きの弁当にしないほうがいいだろ。食べてくれるなら作りがいもあるし」

「! ありがとう、魁…!」

抱きついた真結の背中を、魁は励ますように叩《たた》く。

「礼はいいから、料理覚えろって。姉貴の恋路《こいじ》、もう少しくらいなら協力するから」

こうやって抱き締めるのは幼い頃からのスキンシップで、今更《いまさら》何か特別に意識することはない。だが魁はどうしても、長谷川に抱き締められた腕の強さを思い出してしまう。

「いいなぁ…」

今の魁はしあわせそうな姉の手伝いをすることで、長谷川を見つけ出せない寂しさを紛らわすしか出来なかった。

〇〇〇

「いいなー、尾道さんのお弁当」

もうすぐお昼になろうとする時間、頬杖《ほおづえ》を突いたままわざと不貞腐《ふてくさ》れた口調の橘に長谷川は書類から顔を上げる。

進行も大詰めとなり、長谷川と橘はデザインスタジオにほぼ毎日のように顔を出していた。だがそれも今週で最後になり、金曜日には打ち上げが予定されている。

長谷川がこのスタジオへ来る日は、真結がお弁当を用意してくれていた。

真結と一緒にお弁当を食べたのは最初の日だけで、以降は違っている。せっかくだからと長谷川が何度も誘ったのだが、恥ずかしいからと朝に渡してくれるだけになっていた。

なので長谷川は自分が帰る時に、感想と一緒に洗ったランチボックスを返している。

今朝も会議室に届けられた真結のお弁当がランチボックスに入れられ、長谷川の使っているデスクの斜め前に置かれていた。

「ん」

隣から聞こえてきた言葉に、長谷川は手をのばしてランチボックスを橘の前へと置く。

「いいよ、食べて。後で俺が洗っとくから」

「……！　せっかくの尾道さんのお手製ランチを！　その辺で買ってきたコンビニ弁当じゃあるまいし、他の人に気軽に渡すなよ……！　お弁当って作るのも大変なんだぞ？」

「お弁当作るのが大変なのは知ってる。だからいつも感謝してご馳走《ちそう》になってる」

「いや、そういう意味じゃない」

「なんだよ……いいなー、って言ったのはお前だろう？　俺よりも、もっと食べたい人が食べればいいじゃないか」

「お前……それじゃあ、お弁当にこめてる尾道さんの真心とか愛情とかが無駄になるだろ」

「だったら尚更。彼女の気持ちも受け止められる人が食べたほうがいい」

「ハセ、お前さあ……いや、まあいいわ」

橘は言いかけ、すぐに諦める。わざわざ自分が口にしなくても、女子が特定の男性にお弁当を作ってくる理由など、長谷川はとっくに気付いているはずだ。

だが敢《あ》えてそれに気付かないふりをしているのか、拒むことで現在進行している共同業務に支障があったらとやり過ごそうとしているのか、あるいはその両方かも知れない。

「デリカシーに欠けるお前に、理解して貰おうと思った俺がバカだった。食べなくてもいいなら、俺が貰う。今日のお弁当はなんだろう？」

長谷川の手から改めて真結のお弁当をランチボックスごと奪った橘は、まだ昼休み前だが蓋《ふた》を開けて中を覗《のぞ》き込んだ。だが中を見て、そのまま長谷川に戻してしまう。

「…返す」

「？　食べないのか？」

「いや、食べたいけどな。そんな愛情たっぷりのお弁当、俺が食べたらバチがあたる。そしてそんなお洒落《しゃれ》な弁当じゃ、多分俺午後もたない」

「？」

　橘の反応に、長谷川は蓋を開ける。

「ガレットのラップロールサンドだ。今日はバスケットのお弁当箱だったのはこのせいか」

　中はガレットで包まれたロールサンドだった。照り焼きにしたチキンとルッコラ、たまごとベーコンの二種類で、ガレットで春巻きのようにくるみ斜めにカットされている。照り焼きチキンにはルッコラの他に人参《にんじん》、きゅうりも一緒に巻かれているのでボリュームがあり、たまごもチーズを合わせたスクランブルエッグで、こちらも野菜が入れられている。

　一番外側をワックスペーパーで巻いてから斜めにカットしているので、食べやすく乾燥の心配もない。ワックスペーパーには可愛《かわい》らしいデザインがプリントされ、華やかだ。

　ロールサンドの他にドーム型のカップに詰められているフィッシュフライと、三角にカットされたキッシュも入っていた。キッシュは正方形のワックスペーパーで飾られ、パイのようにも見える。まるでお洒落《しゃれ》なカフェが作った、テイクアウトのランチボックスのようだ。

　横にはリンゴとレーズンのキャラメリゼが添えられて、ふんわりと甘い匂《にお》いが広がる。

見た目もよく食欲をそそる、野菜不足も充分に補えるメニューだ。

橘が言った意味がなんとなく判って、長谷川は美味しそうなお弁当を覗きながら感心したように呟《つぶや》いた。

「あぁなるほど、これはお洒落だな。ピクニックみたいだ」

「あと俺、レーズン苦手…」

「このレーズンはリンゴと一緒に柔らかく煮てるだろうから、食べると甘くて美味《うま》いよ。あとこのロールサンド、ガレットで巻いてる。見た目よりボリュームあるし、腹持ちもいいはずだけど。これ、凄い手間かかってるなあ…」

改めて感心した長谷川に、橘もつられてもう一度中を覗き込む。

「ガレットって、クレープみたいに粉溶いて焼いて丸めただけじゃなくて？」

「工程としてはそうだけどね。ガレットは、合わせた粉を六時間くらい寝かせてから焼くんだよ。チキンも前の晩から下拵えして、キッシュも前の日に焼いてたんじゃないかな…あとリンゴ煮も。朝にこれを作ってお弁当に入れるのは簡単だけど、下準備に時間かかってる」

「ふーん？　リンゴ煮とかキッシュって、女子が好きそうなメニューだよな」

「一見そうなんだけど、男《俺》が食べることを意識して作られてる。女子ならたまごのガレットにベーコン足す必要ないし、キッシュまで入れたら多過ぎるから」

多分ね、と付け加えた長谷川に、橘はわざと拗《す》ねたような表情を浮かべて彼のほうへと再び弁当箱を押し戻した。

「その手間や量って結局全部、お前に美味しく食べて貰いたいって気持ちからだろう？　それだけ判ってて平気で俺に食べていいって言える、お前のデリカシーを本気で疑うわ」

「デリカシーないから、平気で食べられるんだろ。因《ちな》みに俺はレーズンも好きだけどな」

「あ、そ」

そっけない橘の返事に、長谷川は無言で肩を竦《すく》めただけだった。

●●●

金曜日は朝からずっと雨が降り続いている。

『…そうか、結局まだ魁やんの捜し人は見つからないんだ』

夕食後リビングに一人でいる魁は、電話相手の高園《たかぞの》に呻《うめ》くような声で頷いた。

「うん。今日も帰りにこないだつきあって貰ったカレーのお店に寄ったんだけど、ここしばらくは来てないって。一応俺のメールアドレスだけ残してきた」

ソファに寝転びながらぼんやりとリビングの窓を見ると、雨脚《あまあし》は次第に強くなっている。

両親は不在で、真結は会社の飲み会で遅い。せっかくの金曜日に一人で羽をのばすつもりでいたが、この雨のせいで駅前まで映画のレンタルも行けずに高園へ電話をしたのだった。

最初は月曜日に提出期限のレポートの話をしていたのだが、そのまま長谷川の話になってしまっている。

『もういっそ、長谷川姓の設計士を検索して片っ端から電話して訊《き》いてみるとかする？』

「長谷川姓の設計士って、多過ぎるんだよ…。無理だ。社長ならともかく」

『名前以外、何か個人を絞れそうな特徴ってなかった？　たとえば左利きだとか…』

「うーん…セッ…」

『セ？』

口からとんでもない言葉が滑り出そうになった魁は、我に返って慌てて体を起こした。

「いや、なんでもない…！　特徴、特徴…って、えーと、あ、白いベンツに乗ってた。社用の車だって言ってたけど、それ個人に関する情報じゃないよな」

『社用車にベンツ？　白いベンツって最近見たけど、どこで…あぁ学校で見たんだ』

高園の言葉を、魁は途中で遮った。

「待って、待って高園…高園、学校で白いベンツ見たのか？　いつ？」

『えっと、少し前…魁やんが日直の時だから、そんなに前じゃなかった。まさかその人？』

魁はソファの上で思わず正座をし、スマホを握り直す。

「判らないけど！　あり得ないと思うけど、まさかだけど。俺、長谷川さんに自分の学校が鷺ノ宮《さぎのみや》だって言ってる。…もしかして、わざわざ学校まで捜しに来てくれたとか、あるかな」

『…あのさ、魁やん。その日なら俺、職員室に行った時にお客さんがいたんだ。長身でスーツ着てたサラリーマン風の人が二人。日野先生に会いに来たって、その後魁やんと一緒に帰る時にも駐車場にいたのを見た。長身で、ちょっと不思議な感じの…ハンサムな人だった』

「スーツ着てるような仕事してて、長身でちょっと不思議な感じ…ハンサムって主観だけど、でも容姿にかなりハードル高い高園が言うなら相当容姿がいい男の人、ってことだよな？　俺…その人が長谷川さんのような気がする」

『でも話を聞けそうな日野《ひの》先生は、この間退職して…』

話していた魁の耳に外から車の音が聞こえ、ライトが家の前で停まるのがカーテン越しに見えた。真結がもう帰ってきたのだろうか。

そう思うよりも早く、玄関から賑《にぎ》やかな音が聞こえてきた。

「ただいまあー、魁ー？」

時間を見ると、まだ夜の十時過ぎになったばかりだ。ずっと携わっていたプロジェクトの打ち上げだから、夜遅くなるだろうと聞いていたのに。

「うわ、なんだあの声。姉貴、酔《よ》っ払ってるのか？　ごめん、高園また後で電話する」

魁はそう言って通話を切ると、玄関へ急いだ。

「おかえり、姉貴何飲み過ぎ…て…」

玄関に迎えに出た魁の言葉は、あまりの驚きに途中で止まった。

潰《つぶ》れてしまった真結を抱きかかえるようにして介抱する長身の男性が、魁の気配に顔を上げ、息を呑《の》む。

「カイ君…？」

「長谷川、さん」

お互い見つめあったまま、二人は凍りついたようにすぐにそれ以上言葉が出なかった。

「カイ君…どうしてここに？」

驚きを隠せない長谷川の問いに、魁もまた信じられない表情で首を振る。

「ここは俺の家です。この…酔い潰れてる真結は、俺の姉です」

「尾道さんがカイ君のお姉さん？　君はカイという名前じゃなかったの？」

「え？　いえ、俺の名前です。魁は下の名前です。俺は尾道魁といいます」

「尾道…魁君。下の名前が、魁だったのか？」

「はい」

長谷川は魁のフルネームを繰り返し、そして腕の中の真結を見つめた。

「そうか、それで…」

真結を見て、魁を思い出した理由を長谷川はやっと理解する。

姉弟なら、面影《おもかげ》があって当然だ。

「え？」

「いや…。俺は魁君の」

連絡を待っていたのに。そう言おうとして、長谷川は最後まで言えなかった。

魁に対する愚痴《ぐち》のようで、大人げないと思ったからだ。

連絡したくないから、来なかったのだから。

「その…長谷川さんこそ、どうしてウチに？」

「尾道さん…魁君のお姉さんが勤める会社と、合同企画があってね。今日はその担当者達の打ち上げがあったんだけど、お姉さん飲まされてしまって…一人で帰すのは心配だから、タクシーで送ってきたんだ。ご両親は、まだ起きてる？」

「両親は遠方にいる親戚《しんせき》の結婚式があって、夕方からいないんです。俺一人留守番してて…姉貴が酔い潰れた？　相当だったんじゃないですか？　それ。姉貴、大酒飲みだから」

「ご息女《そくじょ》を酔い潰してしまったからご両親に一言お詫《わ》びを、と思ったんだけど。尾道さん、そんなに飲んでは…」

潰れていた真結が、長谷川に支えられたまま顔を上げた。

「そんなことないですぅ。近くに…長谷川さんがいたから、緊張して」

「その長谷川さんに迷惑かけてたらしょうがないだろ。立てるのかよ」

「ちょっと…無理…」

「そこまで飲むなよ、バカ」

聞こえてきた魁の言葉に、真結は頬を膨《ふく》らませる。

「だって本当に、そんなに…飲んでないもの」

「酒の量は関係ないだろ。姉貴のせいで、長谷川さんびしょ濡《ぬ》れじゃないか」

足元が覚束《おぼつか》ない真結を支えていたこともあって、タクシーを降りて玄関まで移動だけで長谷川の肩から背中まで雨でびしょ濡れになってしまっていた。

濡れたワイシャツが張りつき、肌《はだ》の色が透《す》けて見えている。

「…」

…あの肩に、直接触れたことがあった。触れて、長谷川を受け入れる痛みをこらえるために、何度も縋《すが》りついたのだ。

そう、何度も何度も…長谷川に深く突かれ、内側を擦《こす》られる悦《よろこ》びに我を忘れて喘《あえ》いだ。自分がどんな痴態《ちたい》を初対面の長谷川に見せてしまっているのか判っていても、魁は止められなかった。今思い出しても恥ずかしさに絶叫して、そのまま死にたくなる。自分の上で聞こえていた、彼の掠《かす》れて抑えた息継《いきつ》ぎの声まで鮮明に思い出してしまう。

「…っ」

もう長谷川には逢えないのかと、諦めかけていた矢先だった。

思いがけない再会を果たした嬉しさよりも、濡れたシャツ越しに彼の肌を見ただけであの夜のことが真っ先に思い出されるなんてどれだけ欲求不満でいたのだろうか。

あぁでも、本物の長谷川がこうして目の前にいる。

「とにかく上がって下さい。長谷川さんも風邪《かぜ》をひきます」

「いや、俺は外にタクシーを待たせているから…」

「このまま長谷川さんを帰したら、俺が明日姉貴に叱《しか》られます。せめて服を乾かしてから。おい姉貴、玄関で寝るなよ」

「尾道さん」

「いい、ここで寝る…眠い」

長谷川に軽く揺すられても、睡魔に襲われている真結の反応は鈍い。これでは一人でベッドまで行くのは無理そうだ。

「お願いです、長谷川さん。家に上がって下さい」

「判った。…ちょっと待ってて」

再度懇願《こんがん》する魁に応じて頷いた長谷川は一旦外に出てタクシーを帰すと、寝入《ねい》ってしまった真結を横抱きにしてリビングのソファへと運ぶ。

「姉貴、重いのに…ここまで運んで貰ってすみません。これ使って下さい」

魁は持ってきたタオルを長谷川に手渡した。

「尾道さんは小柄な女性だから、重さは全然気にならなかったよ。タオル、ありがとう。…ご両親が不在の時に上がり込んでしまって悪いね」

タオルを受け取りながら謝る長谷川へ、魁は首を振る。

「いえ、謝るのはこっちのほうですから…！　姉貴をリビングまで運んで貰って助かりました。だから長谷川さんは謝らないで下さい。濡れているワイシャツ、よければ乾燥機にかけるので脱いで貰ってもいいですか？　その間コーヒーでも淹《い》れますから」

魁の申し出に、長谷川はやんわりと手を上げた。

「いや、そこまではして貰わなくていいよ。どうせ丸洗い出来るワイシャツだし」

「でも」

「大丈夫、そんなに濡れていないから。だからコーヒーだけ貰えるかな」

魁の前で脱いでしまったら、変な気持ちになるから。酔っていても、そんなセクハラ紛《まが》い
の言葉を正直に口にしないだけの理性はまだ長谷川に残っていた。

「判りました、すぐコーヒー淹れます。ソファ…は、姉貴に取られちゃってるので、ダイニ
ングテーブルにきて貰ってもいいですか？　…そういえば、もしかして」

「？」

リビングとフロア続きのダイニングへ向かいかけた魁は足を止め、振り返る。

「あのもしかして、姉貴のお弁当…は、長谷川さんが？」

長谷川の話を聞いてから、魁がずっと気になっていたことだ。

そうでなければいいなと願っての魁からの問いに、事情を知らない長谷川は明るく頷く。

「あぁ、いつも美味しいお弁当を尾道さんに作って貰っていたよ。お料理上手《じょうず》だね」

「…っ」

長谷川の返事に、魁は自分の顔が引き攣りそうになるのをこらえた。

つまり真結を間に、ずっと長谷川にお弁当を作っていたのだ。…本人に逢えないまま。

「尾道さん…お姉さんはお料理、家でも作るの？」

魁がお弁当を作っていることを知らない長谷川の言葉に、魁はぎこちなく頷く。

…頷くのが精一杯だった。

「ぇぇ…まあそう、ですね。家だとその…母さんが…いえ、料理好きの母がいるので多くは、しない…ですが」

真結のお弁当は自分が作っていたのだ、そう言いたくて喉《のど》まで出かかる。

まさか、まさか真結の相手が長谷川だったなんて。

「それより…長谷川さん。実は、俺」

「…」

言いかけた魁に、長谷川は無言のまま自分の口の前で人差し指を立てた。

そのまま目線だけ横に流して、自分の背後で寝ている真結の存在を魁に促《うなが》す。

「あ…」

その仕種《しぐさ》だけで、魁は真結に聞かれて困る発言に注意をしてくれたのだと判る。

「…お姉さん、何か上にかけるものがあったほうが」

長谷川の気遣いで、真結のほうは殆《ほとん》ど雨に濡れていない。

「ちょっと取ってきます」

魁は長谷川に断ると、隣室の客室へ肌掛けを取りに向かう。

「…」

廊下の窓から見える外の庭は、まだ雨がやむ気配がない。

濡れた窓ガラスに映る自分の顔は、なんだか今にも泣き出しそうに見える。

魁の頭の中は、混乱していた。

ずっと逢いたかった、人だ。でももう、逢えないかも知れないと諦めかけていた。

不意打《ふいう》ちのように再会して、だけどそれは望んでいた形とは違っていた。

「頭ん中混乱してるけど…整理《クリアに》したくない」

現実を直視したくない魁は、早々に考えるのを放棄《ほうき》して、リビングへ急ぐ。

目が覚めたのか、開けたままのリビングのドアから真結の声が漏《も》れ聞こえてくる。

「…好きです、長谷川さん」

「…！」

真結の告白に、魁はドアの陰に隠れる位置で動けなくなった。

長谷川が何か告げたが、魁のところまでは届かない。

「…そうだ」

真結は片思いでいた男性とつきあうことになり、お弁当を差し入れるようになっていた。

「彼」と真結は呼んでいたのだ。…もしその相手が、長谷川なら。

ただの知りあいが、酔い潰れてしまったとはいえこんな雨の夜、わざわざタクシーで他社の女性を自宅まで送ってくれるだろうか？　これまで絶対に家の前まで送らせたことがない徹底ぶりだった用心深い真結が、家の中まで連れてきている。

真結の態度が、明らかにこれまでと違うのだ。けして、魁の気のせいではなく。

「俺に好きな人がいるからってお見合いを断りに行かせてるんだから、時期は間違いない。あの時…恋人はいない、って長谷川さん言っていたし。…もし」

恋人や他に想い人がいるなら、いくら盛り上がってしまったとしても自分と出先のホテルであんな関係を結んだりはしないだろう。

一緒にいた時間は少ないが、長谷川がそんな軽率な男性には魁にはとても思えなかった。

「…それなら」

魁が名刺をなくして長谷川と連絡が取れなかった間に、二人の関係が知りあい以上から進んでしまっていた。

長谷川は真結の彼氏であり、恋人なのだ…おそらくは。

魁はもしまた長谷川に逢えたら、名刺をなくして連絡をすぐに取れなかったことを真っ先に謝るつもりでいた。

そしてもしよければ、また逢って欲しいと。長谷川に承諾《しょうだく》して貰えたら、自分の知らなかったことを教えてほしかったのに。

だけど今は最悪のタイミングだった。

言ってしまえば、きっと長谷川を困らせてしまう。喩《たと》えるなら後出しじゃんけんなのに、勝てないと最初から判ってしまっているようなものだ。

「…」

魁はリビングの二人に気付かれないように静かに和室まで戻ると、改めて派手に足音をたてながら廊下を進んだ。

「すみません、長谷川さん。あれっ、姉貴目が覚めたのかよ？　起きたなら長谷川さんにお礼言って、部屋に上がって寝なよ」

賑やかに戻ってきた魁の声に、真結が横になっていたソファの傍《かたわ》らに膝《ひざ》をついていた長谷川も促す。

「今夜はもう、そうしたほうがいいよ」

「…判りました。長谷川さん、今日はすみませんでした」

「気にしないで」

魁も以前、聞いたことがある長谷川の気遣いの言葉だ。

だが今は自分に向けられたものではない。それが魁にはたまらなく寂しく、悔《くや》しかった。

本当は悔しいなんて思う権利も、魁にはないのだ。

長谷川の言葉に頬を紅潮させていた真結は頷くと小さく詫び、ゆっくり立ち上がる。

「姉貴」

「一人で部屋まで行けるから大丈夫…魁、長谷川さんをお願い…」

「判った」

魁の返事を聞いた真結は改めて長谷川に先に休む不調法を詫びてから、リビングを後にする。その足取りはさっきよりもしっかりしていたが、魁は念のため真結の部屋のドアがちゃんと閉まるまで階段の下から見届けてからリビングへ戻ってきた。

見ると長谷川は帰り支度《じたく》をしている。

「長谷川さん、もう帰るんですか？」

「お姉さんもお休みしたし、親御《おやご》さんの留守に断りもなく長居はしないほうがいいからね」

「でも、俺の…」

言いかけ、自分と長谷川の間柄をどう表現していいのか判らなくなって、魁は途方に暮れた表情で長谷川を見つめた。

単純に間柄だけで言えば『知りあい』のカテゴリになってしまう。

『友人』と断言出来るほど、お互いのことを知らない。

知っているのは、抜群《ばつぐん》と言っても差《さ》し支《つか》えないレベルの体の相性のよさだが、セックスだけの間柄…いわゆるセフレには二人の関係は足りなかった。

初めて会って、その夜に愛しあって共に過ごしただけなのだ。

互いのぬくもりに愛《いと》おしさばかりが募り、翌朝になっても離《はな》れ難《がた》くて次に逢う約束までしたのに。叶えられないまま焦《こが》れる日々を過ごし、諦めようとしていた矢先だった。

知りあいじゃない、だけど友人と呼べるほど親しくないのに、愛しあってしまっている。

「あ…」

第三者に間柄を伝える時に、適切な言葉が見つけられなかった。

「あの…俺」

どう言えばいいのか判らなくて、魁は俯《うつむ》いてしまう。

…逢いたかった、あなたにずっと逢いたかったんです。

「魁君」

長谷川も魁にどんな言葉を伝えたら、困らせないで済むのか判らなかった。

…君の声が聞きたかった。ずっと、連絡を待っていた。

逢えて舞い上がるように嬉しい、だけどかつてホテルで過ごした距離で触れようとしたら相手が迷惑かも知れない。

そう思うと、互いに今の本当の気持ちを伝えるための一歩が踏み出せなかった。

長谷川は自分の姉の、恋人になっている。

魁は一晩のことだからと割り切って、連絡を寄越さなかったのだ。

『だから彼の関心や想いはもう、自分には向いていない』

特別な期待をしていたわけではなかった、だけどこの先にあったかも知れない共に過ごす時間への予感はあったはずだ。…自分の勘違《かんちが》いでなければ。

「…じゃあ。タオルをありがとう」

「長谷川さん、帰るならタクシー呼び…」

「いや、大丈夫。雨もやみかけているし、すぐにタクシーが拾える大通りに出るから」

「…っ」

やんわりと長谷川に退かれ、魁はそれ以上引き留められなくなる。

何か、声をかけなければ。

このまま別れてしまったら、今度こそ本当にもう二度と逢えなくなるかも知れないのに。

だけど、なんと言えばいいのか判らないのだ。

焦がれるほど待ち望んでいたはずの再会はお互いにとって、もっとも不本意な形で果たされてしまい次の約束に繋《つな》げられない。

「じゃあ」

「おやすみ…なさい」

さっきまであれほど強かった雨が、今は霧雨《きりさめ》に変わっている。

「…」

魁は門の外まで長谷川を見送り、駅の方面へ向かう彼の後ろ姿を追う。

別れを告げてから、長谷川は一度も振り返らない。

「…一度でいいから、こっち向け」

もし魁の隣に誰かが立っていたとしても、その小さな呟きは聞こえなかったはずだ。

「…⁉」

なのにその呟きが聞こえたかのように、長谷川が不意に振り返った。

そのまま真っ直《ま す》ぐ、早足で魁に向かって戻ってくる。

何か忘れ物でも思い出したのだろうか？

「…」

門の前まで戻ってきた長谷川は、無言のまま目の前に立って首を傾げた魁の腕を摑《つか》んだ。

「？　長谷川さ…んぅ」

そのまま自分へと腕を強く引き、魁の唇を奪う。

「…すまない」

抗《あらが》う間もあればこそ、すぐに腕を解放した長谷川はそれだけを魁に告げると、目を合わせることなく離れた。一瞬のキスなのに、魁は自分の体が敏感に反応していた。

「なん、なんだよ…？」

唇《くちびる》を拭《ぬぐ》う魁の問いは、今度こそ振り返らずに歩いていく長谷川の背中にぶつけられる。

魁は帰っていく長谷川を引き留めることが出来ず、長谷川もまた次に逢う約束を口に出来ないままその夜は別れてしまった。

●●●

数日後、朝食のテーブルで真結から告げられた言葉に、魁は動揺《どうよう》を隠《かく》せなかった。

「えっ？　長谷川さんを夕食に招《まね》くの？　なんで？」

「なんで…って、私が酔い潰れてご迷惑をかけたからよ。お礼もまだだし」

「わざわざウチで夕飯食べなくても、外で食べてくればいいだろ⁉　お礼なら尚更…」

「お母さんが長谷川さんを見たいんですって。久し振りのお客様とおもてなしだから、お母さん張り切ってるけど。止めたいなら、魁がお母さんに自分で言って」

「う…！　それは、無理だろ…」

「でしょ」

料理自慢の母は積極的に表で活動することはないが、腕を振るう機会があれば喜んでおもてなしの支度《したく》をする。せっかくの母の楽しみを覆《くつがえ》すのは、息子《むすこ》でもほぼ不可能だった。

しかたがない、のんびりするつもりだった土曜日だが夕食は外で食べるようにしよう。

そんな魁の考えを読んだように、真結が釘《くぎ》を刺す。

「魁、あなたも同席してね。土曜日、どこか出かけてもすぐ戻ってきて」

「⁉　なんで俺まで…姉貴のお客さんだろ？」

「お母さんに聞いたんだけど、もしかしたらお父さん出張かも知れないんですって。魁がいなかったら、長谷川さん一人でテーブルにいることになるでしょ？　私はお料理の支度を手伝わないといけないし、手持ちぶさたにさせちゃうじゃない」

「だーから、外で食べてくればいいのに…なんで俺が…。長谷川さん、父さんも一緒にいると知ってて、家に来るって言ったのかよ。学生の俺とじゃ社会人が話合わないだろ…」

「喜んで、って即答してくれたわよ。私を送ってくれた時も、魁は長谷川さんと仲良さそうにしてたでしょう？　もしかしたら将来…」

「…」

真結は言いかけ、なんでもないと首を振る。だが魁にはなんとなく『将来家族になるのかも知れない』と続けようとしたのが察せられた。

父親も同席する夕食の招待の意味を、長谷川はどんなふうに捉《とら》えたのだろう。

特別な感情を持っていない相手からの招待なら、独身男性として普通嫌がるシチュエーションだ。食事が出来るからと、軽率に招かれるタイプの男性ではない。

「…それなのに、応じたのなら」

長谷川自身、何かしらの考えがあっての行動だろう。

魁は、途端に味が判らなくなった朝食を半分強引に口に押し込み、飲み込む。

朝ご飯はもう食べたくないが、食べなければ母親が心配する。

「まあ…格好《かっこう》いい人だよな」

途端、真結は表情を明るくした。

「一応男の魁でも、長谷川さんが格好いい人って判るでしょ？」

「一応ってなんだよ…」

その『格好いい長谷川』とセックスしたことがあると言ったら、真結はどんな顔をするだろう。勿論真結は知らないはずで、女役で抱かれたから、一応と皮肉を言われたのかと魁は内心肝《きも》を冷やす。

「…」

男同士でしてしまったという以外、後ろめたいことは何もないのに。どうしてこんな真結に対して罪悪感を抱かなければならないのか。魁は溜息が出そうになる。

「長谷川さんボードゲームとか強い人だから、魁も相手して貰えばいいじゃない。とにかく、絶対家にいてね」

「…」

何度も念を押されても、魁は判ったと言いたくなくて、無言で押し通した。

だからといって姉の願いを無視して外出するほど心ない行動が取れない魁は、訪れた長谷川を出迎えた。休日らしいラフなスタイルだがジャケットを着て訪れた長谷川は女性が好きそうなケーキを、出張で不在だった父親には彼の好きなワインを手土産《てみやげ》に持参している。

料理はまだだからと、二人はリビングでしばらく時間を潰すことになった。

懸念《けねん》していた通り父親は出張で今夜は帰らず、その間魁が長谷川の話相手を務めることになったからだ。

当然、自分の部屋にいたいと訴えた魁の希望は却下されている。

「…久し振り」

「どうも」

そう言って笑いかけてくれた長谷川に、魁はどんな顔をすればいいのか判らない。

「この間は、その…姉がご面倒かけてすみませんでした」

だから社交辞令にそう言って、頭を下げた。

「いや、俺は何もしてないし…お陰で、魁君にまた逢えた」

「姉貴の知りあい、だったんですね」

「以前勤めていた会社でね。尾道さんの弟だったなんて、驚いた。知っていたら…」

「俺と、あんなことしてない？」

自虐《じぎゃく》気味な魁の問いに、長谷川ははっきりと首を振る。

「もっと早く、君を捜し出せたのに。…尾道さんには、何も言ってないよ」

「…っ」

ホテルで過ごしたことだと察し、魁は自分の頬が熱くなるのを感じた。

「…言ったら、俺が姉貴に殺されます」

「言わないよ。…誰にも言わない」

言えないいい、いの間違いでは？　そう言いかけて、己《おのれ》の卑屈《ひくつ》さに魁は自己嫌悪で眉《まゆ》を寄せる。

「あの…もしかして、以前。その…高校、鷺ノ宮《さぎのみや》に来たこと、ありますか？　友人が、白いベンツを、見たって。それでハンサムな人がきてたって言ってて…その…」

俺を捜しにきてくれたんですか？　魁は、そう言えない。

「ハンサム…が、どっちを指しているのか判らないけど。友人があの学校の先生やってて」

「もしかして、日野先生ですか？」

「そう。大学の同期でね。俺の同僚も鷺ノ宮だったから、そのコネで…魁君を捜しに行ったことが、一度だけある」

「…！」

「その日は結局会えなかったから。だからまた君に逢えてよかった」

長谷川の言葉に魁は顔を跳ね上げ、そして真っ直ぐ見つめてくるまなざしを受け止められなくて、ぎこちなく俯《うつむ》く。

「すみません、俺…」

本当に、いったいどんな顔をしたらいいのか。

「魁君が謝る必要は、何一つないよ。それとも、俺にこんなふうに言われるのは、嫌？」

嫌なんかじゃないから、魁は必死に首を振った。

「それとも魁君はお姉さんに、待ち合わせ場所で会った相手が俺だって話した？」

「言ってません、言えるわけがない」

「俺も、言ってない」

「それは…知られたくない、からでしょ」

「うーん…言う必要がないから、だけど。俺は後悔していないよ」

「！」

再び顔を上げた魁は、真摯《しんし》なまなざしで自分を見つめている長谷川と目が合う。

そのまなざしの強さに、今度は目をそらすことが出来ない。

「君の身近な人に知られて、君を苦しめたくないから」

「長谷川、さん…」

搦《から》め捕《と》られて逃げられなくて、だからただじっと見つめ返すしかない魁に、長谷川は柔らかに笑う。

「君とのことは、絶対に言わないから…だから、そんなに緊張していなくて大丈夫。まさか…本当に、こんな近くにいたなんて」

魁の緊張は、姉の真結に自分達の関係を知られるのではないかと、だから長谷川を警戒《けいかい》していたのだと思われたらしい。

「違うんです、そういう意味じゃなくて」

「？」

魁は名刺をなくしてしまったことを告げ、謝りたかった。だが時間の隔《へだ》たりを感じさせない長谷川の優しい態度に安心して、こんな慌《あわ》ただしいタイミングではなく改めてきちんと詫びたほうがいいと魁は判断する。

…そのためには。

「いえ、あの…もし長谷川さんがよければですけど、また俺と逢って貰えますか？」

「魁君さえよければ、喜んで」

「…！　ありがとうございます！」

快諾してくれた長谷川に、魁は弾むように頭を下げた。

●●●

こうしてやっと長谷川の連絡先を知ることが出来た魁だが、頻繁《ひんぱん》に逢えるわけではない。

それでも平日に時間を作り、二人は外で逢うようになった。

場所はその時々で、魁の塾のある日は長谷川の職場の近くで、長谷川が定時で帰る時は魁の都合のいい駅で待ち合わせをする。

一緒に夕食が取れる時もあれば、近くのカフェでお茶を飲むだけの時間しかないこともあった。それでも魁は長谷川と逢えるだけで嬉しかった。

スーツ姿の長谷川と一緒にいると、なんだか自分も少し大人になったような気持ちになる。それと同時に足元が覚束ない感覚もあって、どうしてそうなるのか魁自身判らない。

判らないからその理由を知りたくて、また長谷川に逢いたくなる…その繰り返しだった。

「あ！　美味っ…！」

一口食べた途端思わずついて出た魁の言葉に、長谷川は小さくガッツポーズを見せる。

今日は魁の塾がない日なので、夕方に待ち合わせして二人で夕食を愉《たの》しんでいた。

「パニーノが食べたいってリクエストだったからこのお店を選んだけど…育ち盛りなんだから、もっとボリュームのあるものでもよかったのに」

二人がいるのは裏路地にある、イタリアの家庭料理を出してくれる店だった。

この店を選んだのは長谷川だが、リクエストをしたのは魁である。

小さな看板一つ出ていないこぢんまりとした店だが、外国人客も多い。夜の七時を過ぎたくらいなのだが店内は既に満席で、賑やかな異国の音楽に混じる他の客達の雑談がまるで本場イタリアのレストランにいるような雰囲気を作り出していた。

「いえ、美味しいパニーノが食べたいってお願いしたのは俺なので。うーん、中味を見ても普通の具材だよなあ。プロシュット、ルッコラ、トマト、モッツァレラにレタス…やっぱりプロシュットとモッツァレラの違いか…？　自家製パンだから、バターの…」

注文したのはパニーノで、この店は小振りなフランスパンにフィリングを挟んだシンプルなものだ。ケチャップなどの調味料は足されていない。

店で出されたものは、パニーニなどの表記でファストフードやカフェチェーン店にある白いパンに焼き目をつけているものではなく、見た目は俗に『ミラノサンド』で知られているものと同じだった。ミラノサンドとの違いは挟まっているフィリングの違いだろう。

パンを広げて挟んであった具材を一つ一つ吟味《ぎんみ》している魁の様子を、長谷川はテーブルの向かいの席で微笑《ほほえ》ましく見つめている。

「以前、カレーのお店でも思ったけど。魁君はお料理とか好きなの？」

「えっ⁉　いや、えーと。母の影響で、自分が食べたいのは挑戦してみたり、しますけど。

外で美味しいのを食べると、どういうふうに作ってるのかなーって好奇心がわいて…行儀《ぎょうぎ》悪くてすみません」

恥ずかしそうに皿の上で解体していたパンを元に戻そうとする魁を、長谷川は笑顔のままやんわりと止めた。

「俺は気にならないから、好きなだけ見るといいよ。魁君は調べ終わったら、いつも綺麗《きれい》に食べてしまうんだし。パニーノが食べたいってリクエストしたのも、美味しいのを自分で作ってみたいからって思ったからだろう？」

長谷川に指摘され、魁は照れ臭《くさ》そうに笑いながら頷く。

「はい、実はそうです。長谷川さん、美味しいお店沢山知ってるし…それも高級レストランとかじゃなくて、安いのに美味しいとか家庭的だからこそ美味しいとか、地に足がついているような、日常ふらりと立ち寄れるお店とかに連れてきてくれるので面白いです」

「そう言って貰えると。実家は東京なんだけど、一人暮らしだから夕飯は殆ど外食なんだよ。それでつい…暇に任せてあちこち食べ歩くようになってね。一人の食事も気楽でいいんだけど、こうやって一緒に食べてくれる人がいるとほっとする」

そう言って長谷川もまた、自分の皿のパニーノを食べ始める。テーブルにはパニーノだけではなく、長谷川が一緒にオーダーした肉料理やスープの類《たぐい》も運ばれていた。

「…。長谷川さん、モテる人だろうし…本当は一緒に食べてくれる人、いそう…ですけど」

彼は真結と交際しているはずだ。遠回しな魁の問いに、長谷川は食べながら首を振る。

「声をかけたらいるかも知れないけど、何もしなければいないかなー。どうせご飯を食べるなら気が合う人と食べたいし、誰か誘うくらいなら正直一人のほうが気楽」

「ええと…すみません？」

時間があれば夕食を一緒に、と誘ったのは魁のほうからだ。

「え？　どうして魁君が謝るの？　一緒に食べてくれる人がいると、って話したのに」

「でも俺だと、年上の長谷川さんが聞いて愉しい話とか出来ないし」

「魁君とは一緒にいるだけで愉しい、って言ってるつもりなんだけどなあ。だからこうして自分が好きな店とか、連れてきてるのに。そうでなければ、食事の約束なんかしない」

「長谷川さん…」

「…初めて逢った時に行ったカレーのお店に、俺への伝言を残してくれただろう？　知ったのは、魁君と再会してからだけど…伝言残してくれて、嬉しかった。ありがとう」

「俺も、またこうして長谷川さんとご飯が食べられて嬉しい…です」

「うん。…でも魁君は俺と一緒で退屈しない？　俺のほうが若い人の話題知らないよ？」

食べながら苦笑混じりの長谷川に、魁は驚いて目を丸くする。

「えっ⁉　どうしてですか？　俺、退屈したことないです。長谷川さんの言う若い人？　の話題なら、友達とするから別に気にならないし…そうじゃないお話が出来るから…ええと、なんというか…お兄さん、みたいな」

違う、兄なんかじゃない。だけど恥ずかしくて、魁は本当の気持ちが言えなかった。

「…そう？　魁君が退屈していなければいいけど」

「しないです…！　だから仕事のお話とか、聞かせて下さい。それに俺とは十歳も年齢が離れてないし、長谷川さんも若いです」

「うーん、体力も落ちてるよー、スタミナが…」

「…っ」

言いかけた長谷川は、耳まで紅潮させている魁の様子に気付いて小さく咳払《せきばら》いをする。

「何思い出したの…」

「う…多分、長谷川さんが考えているのと同じ、ですよ」

「…エッチ」

「‼　エッチって言ったほうがエッチなんですー」

「うん、そう。魁君が一番知ってると思うけど」

「う…さらっと返された」

かなわなくて苦笑いした魁へ、長谷川は笑いながら肩を竦《すく》めた。

そんな仕種が大人の余裕に見えて、魁は長谷川を見つめる。

「魁君のほうがモテるだろうから俺とのことより、もっといい思い出がすぐ出来るよ」

「…」

そしてこんな折に感じる、長谷川との距離。

突き放されているというのとも違うのだし、もしかしたら魁の気のせいかもしれない。

だけど魁はほんの少しだけ、彼に踏み込めない一線を感じた。

それから遅くならない時間で食事を終え、長谷川を送るため二人は駅に向かう。

「今日はご馳走様でした。まさかこんな近くに、あんなに美味しい店があるなんて」

「俺も驚いた。魁君が普段使っている隣駅だとは」

ほぼ地元なので、魁はあまり人通りが多くない裏の近道で長谷川を案内していた。

「…少し遠回りになりますが、うちに寄っていきませんか？　まだ、そんなに遅くないし」

「せっかくのお誘いなんだけど…ごめん、明日早くてね。今日はこのまま帰るよ」

「そうですか」

明らかに肩を落とした様子の魁へ、長谷川は立ち止まる。

「…また、誘ってもらえるかな。連絡待ってる」

「はい、勿論です」

そのままなんとなく会話が途切れて、見つめあってしまった。

夜の風が心地好く、足を止めた二人の間を抜けていく。あとは緩《ゆる》やかなこの坂を下っていくだけの駅が、長谷川の背後にぼんやりと明るく光っている。

あそこまで到着してしまったら、今夜はもう長谷川と別れてしまう。

ちょうど人通りが途絶えて、車も来ない。

…今、キスして貰えたら。

ついそんなことを考えてしまった魁の目の前で、長谷川が一瞬後ろを振り返る。

「…」

そのままのばされた手が触れる寸前、魁はやんわりと後ろへ下がった。

「じゃあ俺、こっちの道真っ直ぐ行くと家なんでここで帰ります。おやすみなさい」

「…おやすみ」

魁に触れようとした手はそのまま別れを告げるために振る手になり、長谷川は一度も振り返らずに駆けていくその背を無言で見送る。

長谷川は、家にも時々訪ねてきていた。

多ければ週に一、二度、そのほとんどは真結を家に送り届ける程度のことだ。

そして魁は家に来る長谷川とも逢わず、二週間を過ごしていた。

「へー、お姉さんを見送りに、わざわざ？」

「そう。塾があって逢えないことも、あるけど。見送ってすぐ帰ってしまうけど、たまに母さんに摑まってコーヒー飲んで帰ったりしてる。…時々、土曜日とかに迎えに来て姉貴と出かけたりして…それでなんかへこんでさー」

そうぼやきながら図書室のテーブルに突っ伏した魁の頭を、自主学習につきあっていた高園が手にしていた参考書でコン、と軽く小突く。

「なんで魁やんがへこむの？　ずっと捜してた人で、やっと会えたのに」

定期試験まではまだ日があるが、二人は放課後に学校の図書室で自主学習をしていた。

彼らがいる自主学習室は四割ほど席が埋まっている。

原則私語は禁止だが、窓際の離れた席にいる三年生の彼らに注意する者はいない。

動かせる衝立《ついたて》もあり、密談をするには格好《かっこう》の場所だった。

「そりゃ会いたいけど…でも長谷川さんは、姉貴に会いに来てるから。それに…なんとなく、なんだけど。長谷川さんと距離を感じるんだよ。以前はそんなの、なかったのに」

「距離？　いわゆるパーソナルスペース的な意味で？」

「具体的にどう…っていうのはないんだけど。たとえば…最初に逢った時のことは、長谷川さんからは絶対に言い出さない。話を振るとちょっとは反応するけど、すぐに別の話になるんだよ。話し上手な人だから、すぐに気付かなかったんだけど。…触れたがらない」

「二人の記憶に残るようなこと、とかを？」

高園には思いがけない外泊で一緒の部屋に泊まらせて貰ったことは話をしたが、さすがに部屋であったこと全ては教えていない。

「だから…もしかしたら長谷川さんの中で、思い出したくない記憶扱いになってるのかも」

再会してから魁に触れたのは、帰り際に門まで戻ってきてされたキスだけだった。

その後に触れられるチャンスがあったが、魁のほうが逃げてしまっている。

…あの時、魁の背後から女性のヒールの音が聞こえてきた。その足音に魁は真結の姿が浮かび、思わず長谷川の手から後退《あとずさ》ってしまったのだ。

「余程酷《ひど》いことをしてなければ、そうならないと思うけど。もし仮に思い出したくない出来事だったら、次に会う約束なんかしないよ」

「そうなんだけど…長谷川さんは今、姉貴の彼氏だし」

もし自分が長谷川なら、今の彼女の弟と性的関係があったなどと絶対に知られたくない。むしろ記憶ごと消し去りたい黒歴史の扱いだ。

話を聞いてくれる高園に励《はげ》まされ、魁は突っ伏したまま続ける。

「別に魁やんが二人のデートの邪魔をしているわけじゃないんだし。お姉さん関係なしで、会ってるだけなんだろう？　距離があるっていうのは、考え過ぎかもよ」

そう言ってくれる高園に、魁はゆっくり体を起こす。

「…だけど多分、考え過ぎじゃない。何故ならいつも会いたいって連絡するの、俺からなんだ。長谷川さんから、来ない」

「それは…たまたま偶然ってことも」

そして庇《かば》ってくれる高園へ、力なく首を振った。

「偶然じゃない。長谷川さんは俺と逢って別れる時必ず『連絡待ってる』って言うんだ。メールすればお返事貰えるし、電話すれば出てくれる。不在だった時も折り返しくれる。連絡が取れなかったことは、一度もない」

「うん、だから長谷川さんが魁やんとまた会いたいってことだろう？」

「そうかも知れないけど…長谷川さん『また連絡する』とは言わないんだよ。…そして本当に、向こうからは連絡が来ない。俺から連絡しなくなって、逢わなくて二週間目になる」

「…！　それって」

「そう。長谷川さんからは、俺に連絡をくれないってこと。そして俺から連絡しなければ、こんなふうに逢えないまま…向こうからは逢いたいって、言われないんだ」

「それは、魁やんがまだ学生だから遠慮してるんじゃないの？　時間とか…」

「メールとか、投げっぱなしでも大丈夫な連絡ツールが今の時代これだけあるのに？　SNSは好きじゃないからやってないって言っていたけど…それだって本当は、違うかもだろ。だから多分、本当に長谷川さんは俺になんらかの線引き、してると思う」

「これまで魁やんから連絡してたから、そういう受け身でいてくれてるのかも。モテる人って、連絡され馴《な》れてるから基本受け身だよ。社会人なら生活サイクルが学生とは違うし、余計じゃないかな。たとえばお姉さんから、弟が試験中で…なんて情報入ったら遠慮するよ」

「でも」

あの日以来、長谷川は自分に触れてこないのだ。そして魁自身も、長谷川に触れていいのか判らない。魁自身、長谷川と自分との間を測りかねてしまっていた。

だから途方に暮れたような気持ちだし、長谷川がやんわりと自分との距離を取っているのがもどかしくて…不安だった。半面、そういうものかも知れないと諦めの気持ちも混ざる。

魁はしばらくの間躊躇《ちゅうちょ》してから、改めて慎重《しんちょう》に口を開いた。

「実は…高園には言っていないことがあって。言えば、どん引きされると思って言えなかったんだけど」

「魁やんが言いたくないことなら、言わなくてもいいし…話したいなら、秘密は守るよ」

高園はそう返事をすると、魁が緊張しないように勉強を再開させるふりをして下を向く。

わざと顔を見ないでくれる高園の気遣いに感謝しながら、魁は続けた。

「俺最初に会った時、長谷川さんと寝た」

「…⁉　本当《ホント》に…？」

これにはさすがに驚いて顔を上げた高園を、魁は真っ直ぐ見つめたままだ。

「本当。…やっぱり、気持ち悪いと思う？　気持ち悪いなら、俺の話は忘れて」

「まさか。男子校オンリーの生活の俺が、たかがそんなことくらいで気持ち悪いとは思わない。俺は、偏見《へんけん》はないよ。だから魁やんも…話、続けて。そうか、だから長谷川さんが距離を置いているのかも、って考えるのか。今は…魁やんのお姉さんと」

「姉貴と交際している人、だから。それで…そういうことするの俺、長谷川さんが初めてだったんだけど。…正直、凄かった。気持ち悦《ヨ》過ぎて、このまま自分がどうなってもいいって感覚が本当にあるのも。こうして話してるだけでも、勃《た》ちそうなくらい」

「男としては、初体験の魁やんをそこまでさせたテクニックを持つ長谷川さんが羨《うらや》ましい」

のんびりとした高園の相槌《あいづち》は、同じ男として魁も判る。

「だから…もしかしたら俺のこの気持ちは恋愛感情ではなくて、あの時長谷川さんがくれた快楽を体験したいだけの未練なのかもって考えてしまう」

「いや、さすがにそれだけじゃないと思うけど」

「だって再会するまでに何ヶ月もかかってる。その間逢えなくても、平気だった。また再会出来たから、エッチの記憶も含めてなんとなく自分の中で盛り上がっているのかも知れないだろう？　だから逢わないようにしていれば、この気持ちもそのうち落ち着いてくると思う。…そうじゃないと、困る」

「だから魁やんは会わないでいるってこと？」

「俺自身、どうしたいのか正直判らないんだ。長谷川さんが好きなのかどうかも、判らなくて。でもあの人は今、姉貴の彼氏で…たとえば、たとえばだよ？　恋愛感情の好き、って気持ちが俺の中にあっても許されない、だろう？」

「魁やん自身が、自分の気持ちの置きどころに悩んでるってこと？」

「だってそうだろう？　好きじゃ駄目だし、許されない。長谷川さんだって俺と距離を置くのは、同じように立ち位置《スタンス》を決めかねてるから…だから向こうから連絡しないんだと思う」

長谷川は男女どちらでも大丈夫だと話していた。年下の、しかも同性の男の自分と関係を深めるよりも、年齢的にもつりあいの取れている真結と一緒のほうがいいに決まっている。

「長谷川さんがどうするつもりでいるのか、その本心は判らないけど。魁やん、魁やんはどうしたいの？　どうしたいって言うか…今一番強く思っている感情って、何？」

「俺？」

「うん。お姉さんとか、長谷川さんの立場とかは一旦《いったん》全部保留にして。魁やんが一番、長谷川さんに対して思っている気持ち」

「だから判らないって…」

高園はそうじゃないとはっきり首を振る。

「判らないのは本当かも知れないけど、それってうやむやにしてるだけに聞こえるんだ。判らないって思うのは、はっきり自分の気持ちに向きあいたくないからじゃないの？」

「…！」

「本当は魁やん、どうしたいの？」

重ねて訊かれ、魁の中でずっと見て見ぬふりをしていた言葉が零れ出る。

「大人のつきあいとして仲良くするけど、それ以上親しくしないって意味で距離を取られてるのかも知れない。もしそうなら…それでもいい。俺は長谷川さんに、嫌われたく…ない」

自分の知らない場所で、彼は真結に触れているのかも知れない。笑いかけ、あの腕で抱き締めているのかも知れないと思うと、魁の腹の奥から何かが這《は》い上がってくるようだった。

「魁やん」

「だから、嫌われずに済むなら…長谷川さんの望む距離でもいいと思ってる。だけどそう思う半面、手をのばして触れたいって強い欲望も俺の中にあって」

「長谷川さんに、その魁やんの今の気持ちを伝えてみればいいのに」

魁は再び、今度は迷うように首を振る。

「出来ない。俺の気持ちを伝えてしまったら、今の関係が崩《くず》れてしまいそうな気がする。…長谷川さんから連絡をくれないのは、そういう含みもある気がするから。言ってしまって、逢えなくなってしまうくらいなら、今のままでいい」

「でもそれだと魁やん、苦しくない？」

答えから逃げているのは、魁自身判っている。

「だけど…答えを出したくない、魁やんの気持ちも少し判る。でもいつか必ず、そのバランスが崩れる日は来るよ。魁やんがそう思っているのと同じように、長谷川さんのほうも魁やんとの距離を測りかねてる可能性だってある。自分の気持ちを含めてね」

「…」

「長谷川さんは大人だからこそ柵《しがらみ》とかそういうのもあって、もしかして魁やん以上に動きたくても動けないかも知れないだろ」

「高園はどうしてそう思う？」

「大人のほうが臆病《おくびょう》に決まってるから、だよ。先に行動された人に奪《うば》われて、後から自分だって同じ以上に好きだったのにって悔やむくらいなら、俺は魁やんの本当の気持ちを伝えてみてもいいと、思う。魁やんは人魚姫みたいに、海の泡になるつもり？」

本当に判らない魁へ、高園は静かにそう告げた。

「…あ」

高園と別れて家に帰ると、家の前で見覚えのある白いベンツが停まるところだった。

「魁君」

運転席から、スーツ姿の長谷川が降りてくる。

「長谷川さん？　どうしたんですか？」

時刻は六時を過ぎているが、真結が定時に家へ帰ってくるにしてもまだ早い。

長谷川は少し迷った様子を見せてから、口を開いた。

「んー…ちょっと。…魁君と逢えればと思って」

「俺に？」

冗談だと判っているのに、魁は長谷川の一言で舞い上がりそうになってしまう。

何かを期待してはいけないと、判っているのに。

長谷川は自分で車を持っている。土曜日の休みなどで真結を迎えに来る時は、自分の車を使っていた。長谷川が自宅までベンツで来るなど、魁はこれまで見たことがない。

勿論、真結を社用のベンツに乗せて送ってきたこともなかった。

「近所にうるさい人がいるんで時々、駐車禁止の切符切りにおまわりさんが来ることがあるんです。ウチの車庫今空《あ》いてるので、車入れちゃって下さい」

「いや…魁君の顔見られたから、これで帰るよ」

まさかそれだけの用とは思えず、魁は改めて長谷川を家に上がるように促す。

「駐車場に車がないから、母も留守です。お料理教室のお手伝いに行くって話してましたから、多分まだ帰ってきません。どうせ俺一人だし…もしよければ上がっていって下さい」

少し首を傾げ、困ったように長谷川が問う。

「…魁君、困らない？」

どうして長谷川がそんなことを訊くのか判らないまま、魁は素直な気持ちを告げる。

「え？　困るくらいなら、言わないです…よ？　あ、でもまだお仕事中で、本当に家へ立ち寄っただけでしたら無理は言えないですけど…コーヒーくらいなら淹《い》れられます」

彼から自分に逢いに来てくれたのは、これが初めてだ。高園に図書室でけしかけられたせいではないが、離れ難いなら彼にそう願ってもいいだろう。

長谷川は頷き、すぐに車をバックさせて車庫へ綺麗に入れる。

魁の家の駐車場は二台分あるので、母親が帰ってきても問題はない。もう一台の車の分は仕事で出ている父親の車のスペースだが、長谷川がいる間には帰って来ないはずだ。

長谷川が車を入れるのを待って、魁は持っていた鍵《かぎ》で玄関を開けて中へ招き入れる。

「どうぞ、すぐにお茶を淹れます」

「…なんだか、いつもご両親の留守の時ばかりお邪魔している気がする」

「え？　普段も来て下さってるじゃないですか…姉貴に会いに」

「それは…、と」

違う、そう言いかけた時、長谷川の腹が急に鳴った。

「もしかして…長谷川さん、お腹空《なかす》いてます？」

「少し。仕事の打ち合わせが重なってしまって、昼食を食べ損ねたままだったから。届け物があるついでに、外で食べて来るって会社を出てきたんだ」

実はね、と長谷川は自分の腹を押さえながら照れ臭そうな表情を浮かべる。

「簡単なものなら作れるんで、少し待ってて下さい」

「いや、いいよ魁君…！」

「俺も腹減ってるんで。長谷川さんもつきあって下さい」

魁はそう言うと鞄をソファに投げ、制服のままでいつも使っているショート丈のカフェエプロンを手早く腰《こし》に巻いてキッチンに向かう。それは馴れた一連の動作だった。

「母がいない時は、いつも勝手におやつ作って食べるんです。一人分増えたって、大差《たいさ》ないですよ。えっと…確かちょうど寝かせておいたのが…」

一緒にキッチンについてきた長谷川に説明しながら、魁は冷蔵庫にある食材を適当に選び出すとてきぱきと作り出す。

フライパンに冷蔵庫から出した生地を上からたらし、シートを焼き出した。

長谷川は魁の邪魔にならない程度に後ろに立ち、感心した気持ちで作業を覗き込む。

「いい匂いが…これは、シードルの匂い？」

「そうです、ガレットですよ。リンゴ酒《シードル》で粉を溶いた生地です。香りがいいのでちょっとスイーツっぽくなっちゃうんですけど…喉に抜ける時のシードルの爽《さわ》やかさが好きで」

以前お弁当に入れた時に反応がよかったと真結が話していた。今の長谷川の様子からも、嫌いではないだろう。そう思ってのガレットの選択だった。

シードルはリンゴを発酵《はっこう》して造《つく》られるアルコール飲料で、発泡性《はっぽうせい》のものが多い。爽やかな口当たりと飲み口で、比較的女性が好むライトな印象のお酒でもある。

「生地に練り込むのか…シードルはガレットのお供《とも》として飲まれることが多いと思うけど」

「そうやって出すお店もありますよね。だからガレットそのものにも相性がいいんですよ。俺はいつもこの作り方です。…はい、どうぞ。このままがぶっと食べちゃって下さい」

そう言って魁は出来たてのガレットのロールサンドを長谷川に手渡す。

カリカリにしたベーコンとチーズ入りの炒《い》り卵をレタスと一緒に巻いて、ワックスペーパーで包んで持ちやすくしたものだ。見た目は巻き寿司《まきずし》とクレープの間でボリュームもある。

「手早いね」

長谷川から褒《ほ》められ、魁は手元を休めないまま照れ臭そうに笑った。

「たいして時間はかからないです。…もしお急ぎだったらお皿に盛りつけるより、ロールサンドの方が食べながらでも運転も出来るし。長谷川さんも気兼《きが》ねがないかなーって」

「…」

なるほどだから食べやすいようにロールサンドにしてくれたのだと、長谷川は改めて魁の配慮《はいりょ》に感心する。魁は手渡したついでに、冷蔵庫から野菜ジュースをグラスに注ぐ。

「これだと野菜少し、足りないので。冷めないうちに、どうぞ。すぐ二つ目出来ますから」

「戴《いただ》きます。…うん、美味い」

お世辞ではない長谷川の呟きに、魁はほっと安心した表情を浮かべる。

「よかった。こんなのでよければ、またいつでも作りますよ」

そして一口食べて、長谷川は気付く。このロールサンドは、知っている味だ。

美味しそうに食べる長谷川の様子に、魁は二つ目のガレットを焼き始める。

「ガレットにシードルを入れるのがお家《うち》のスタンダードだと、いつも美味しくていいね」

「いえ、生地を作る時にシードル使うのは俺だけです。スイーツ前提なら違いますけど…焼く時にちょっとコツがいるんで、家族はこの生地を使いたがらないんですよ」

「ガレットの中味って、なんでも巻けるんだね。俺は半熟卵とハムにチーズを足して、端っこを失敗した折紙《おりがみ》みたいに重ねて上からルッコラで飾るのがガレットだと思っていた」

「失敗した折紙…あぁ、なんとなく判ります。ガレットは生地を寝かせる手間がありますけど、何を巻いても美味しいと思います。手軽だし、サンドイッチ代わりにもなるし」

「この間の照り焼きチキンは、前の晩から下拵《したごしら》えするの？」

「そうです、夕方に漬《つ》け込んだのを夜のうちに焼いてしまって切っておくんです。そうすれば朝バタバタしないで済むので…って」

そうだ、長谷川に渡したお弁当は、真結が作っていたことになっていたのだ。

自分が作っていたと気付かれたのかと恐る恐る振り返ると、長谷川はそんな魁の様子など知らない風情《ふぜい》で美味しそうにロールサンドを平らげている。

ホテルで一緒にいた時にも思ったことだが、長谷川はとても美味しそうに食事をする男だった。作った者が彼の食べる様子を見たら、とても誇《ほこ》らしく思えるような気持ちよさだ。

「…ご馳走様でした。帰ってすぐに作らせてしまって、悪かったね。これじゃあ遅いランチを食べに来たような気がする」

お腹が空いていたこともあり、長谷川はあっという間に綺麗に食べてしまった。

両手を合わせ、丁寧にお礼まで言ってくれる。

「じゃあそのつもりでいて下さい。こんなの、本当になんの手間でもないので」

魁の言葉に感謝して、長谷川は柔らかな笑みを浮かべた。

目の前であっと言う間に出来たように、実際ロールサンドを作ること自体はそう大変ではないだろう。だが手間なく作るために、事前の準備の分は充分にかかっていたからこそのことだ。長谷川は自分では手の込んだ料理はしないが、それくらいのことは判る。

「じゃあ有難く感謝だけ」

「はい」

「魁君、もし…」

まるで何か悪意でもあるのか、言いかけた長谷川の邪魔をするように絶妙なタイミングで聞き馴れない着信音が二人の間で鳴り響いた。

見ると、ソファセットのガラステーブルの上に置かれた、真結のスマホが鳴っている。

「…っ」

舌打ちしそうな勢いで乱暴な足取りで近付いた魁は、発信が公衆電話だと確認してから通話ボタンを押した。もし真結の会社からの連絡なら、このスマホが今家にある旨《むね》を伝えなくてはいけないからだ。

「…はい」

『もしもし魁？　魁なの？　今どこにいるの？』

「家だよ」

公衆電話からかけてきたのは、持ち主本人の真結からだった。

『…っていうことは、このスマホ家にあるのね？　落としてなくて、よかった…！　魁、長谷川さんの電話番号知らない⁉』

「長谷川さんの連絡先？」

電話口の真結の問いに、魁は反射的に顔を上げて長谷川を見つめる。

自分？　と無言で指差す長谷川に、魁は真結と話しながら頷いた。

『どうしよう…！　今日長谷川さんから受け取る書類があったのに、連絡取れないのよ。長谷川さん外出途中で私と会う予定にしてくれていたみたいで、会社にはいないって…私も今日は直帰《ちょっき》で出てきてるし』

「そんなの…っ」

自分が悪いんじゃないか、そう言いかけた魁の肩を近付いた長谷川が優しく叩く。

そしてそのままスマホを貸して、と長谷川が手を出した。

嫌だと、魁は言いたくなる。だけど、それは出来ない。

魁は唇を嚙《か》む気持ちで、長谷川へ真結のスマホを手渡す。

長谷川は一瞬物言いたげなまなざしを魁へ向けてから、スマホを受け取って通話に出る。

「お電話代わりました。長谷川です…うん、待ち合わせの場所に来られなくてスタジオに問い合わせたら、直帰で出たと聞いてちょうど近くを通ったから家に。今どこですか？」

「…」

締めつけられるように、胸が苦しい。

電話口なのに、真結に笑いかけないでくれ。…そう、正直に長谷川に言えたら。

そうか、この家に立ち寄ったのも、本当は真結との約束があったからなのだ。

魁に逢いに来たというのは冗談で、そんな冗談に自分は舞い上がってしまっていた。

「…判りました、ではそこまで迎えに行くので、近くの…ぇぇそこの店にいて下さい」

真結のいる場所を確認し、待ち合わせの約束をしてから長谷川は通話ボタンを切った。

そしてすぐに今度は自分のスマホから、会社へと連絡を入れる。

「すまない魁君、もう少し話をしたかったんだけど」

「いえ…別に。それに…長谷川さん、本当は俺に逢いに来たわけじゃなかっ…」

「君に、逢いに来たんだ。今の電話がなかったら、尾道さんには黙《だま》っていた」

真っ直ぐ、射抜《いぬ》くような長谷川のまなざしと言葉に、魁は動けなくなってしまう。

「だ、けど…長谷川さんは、姉貴とつきあっている、んだろう⁉」

「つきあってないよ」

それははっきりとした、言葉だった。

「…っ」

信じられなくて見つめ続ける魁に、長谷川は言葉を重ねる。

「お姉さんとはつきあっていない。…ここへはいつも、君に逢いに来てた。魁君は気付かなかったみたいだけど」

そう告げた長谷川の上着を、魁は思わず摑《つか》んだ。

「じゃあ…！　もし、今俺が『行かないでくれ』って言ったら…！　長谷川さんはここにいてくれるのかよ⁉　行かないで、だ、抱いてくれって言っ…」

言葉途中にいきなり腕を摑んで自分へと引き寄せた長谷川に唇を奪われ、魁は最後まで言えなかった。抗《あらが》うことも許されず、強く強く抱き締められる。

「どうして…そんな挑発《ちょうはつ》するの」

まるで奥歯を嚙み締めているような、感情を抑えた長谷川の声。

「挑発なんか、してな…」

「俺がどれだけ、君に触れるのを我慢していたと…思うんだ？」

「長谷川さ…？　あっ…！」

後ろへと乱暴に突き飛ばされ、魁はソファに倒れ込んだ。その上に、長谷川がネクタイを緩めながら覆《おお》い被《かぶ》さってくる。

「魁君…君が望むなら。お姉さんのところへは行かない。その代わり、俺がどれだけ君に触れたいと思っていたのか、自分の体で知って」

「長谷川、さん…！」

仰向《あおむ》けのまま動けない魁の手首を長谷川はソファへ釘づけると、そのまま彼を愛するために再び唇を封じた。

●○●

「…遅いなあ」

長谷川が待ち合わせに指定した『キャロル珈琲店《コーヒーてん》』の窓際の席に座り、店の時計で時間を確かめた真結は何度目か判らない溜息をついた。

電話を切ってから、そろそろ二時間近い。夕方の道路混雑を鑑《かんが》みても、少し遅過ぎる。

「もしかして、何かあったのかな…」

もう一度家にいるはずの魁に訊いてみようか。そう思った真結が立ち上がりかけた時、長身のスーツ姿の男性が店へ入ってくる。

その姿に真結は長谷川が来たのかと、明るくなりかけた表情がすぐ落胆《らくたん》へと変わった。

「尾道さん」

「橘さん？　どうしてここに？」

待ち合わせ風情で店内を見渡していた男性は、橘だった。真結を見つけると彼らしいおおらかな歩幅の広さで近付く。

「ハセ…長谷川から、尾道さんと連絡が取れたと電話が入ったんです。俺は近くまで来たんで、ついでにお二人がいないかと。…長谷川、まだ来てないんですか」

テーブルの上の一人分のグラスと、注文で運ばれた飲みかけのコーヒーカップも一つしかない。不安そうなまなざしで頷いた真結の目の前で、橘はすぐに長谷川へと電話をかける。

だが不在着信になってしまって、繋《つな》がらない。

「長谷川は今、別の担当でイレギュラーな業務が頻繁《ひんぱん》に入ってます、もしかしたらそれに引っかかって移動が遅れているのかも知れません。俺はこれから社に戻るので、長谷川へ渡すはずだった書類、受け取りますよ」

「あ…」

そう言って差し出された橘の手に、真結は躊躇《ためら》いを見せた。

「長谷川と、何か別のお約束がありますか？　勿論、この後の予定はカウントなしで」

「いえ…！　いえ、そんなことは、ないんですが…。私が家にスマホを忘れてしまったことで、長谷川さんに…橘さんや御社に不要なお手数をおかけして申し訳ありません」

そう言って頭を下げた真結の、空いた前の席へ橘は座る。タイミングを待っていた店員が静かに水とおしぼりを運んできた。

橘は愛想《あいそう》よくその店員へとコーヒーを頼み、改めて真結へと向き直る。

「実は俺、お節介《せっかい》な奴なんです」

「？」

急に何を言い出すのかと顔を上げた真結へ、橘は人懐《ひとなつ》こそうに笑う。

彼はいつもこんなふうに笑っている男だ…というのが、真結の橘の印象だった。

「だからもしかしたら尾道さんに嫌われてしまうかも、と覚悟して話しますね」

「なんでしょうか」

橘は、真結に端的《たんてき》な言葉で告げる。

「長谷川はやめたほうがいい。忠告《ちゅうこく》レベルではなく、警告《けいこく》レベルで」

「…！　どうして、ですか？　長谷川さんが以前の会社を辞められた理由だって言われている、あの噂《うわさ》のことなら私、気にしな…」

「いいえ、噂ではなく本当です。だから尾道さんにお節介を言っているんです」

「長谷川さんと橘さんは、大学時代からの同期で、友人だと聞いています。そのお友達であるあなたが、何故そんなことを仰《おっしゃ》るんですか？」

「あいつの友人だから、かな。だけどそれ以上に、俺は尾道さん…あなたが心配です」

橘の顔からはいつの間にか笑顔が消え、真剣なまなざしが真結を見つめていた。

「…長谷川さんは他に好きな女性がいるんですか？　橘さんは、何かご存じなんですか？」

「あいつの好きな女性は判りません。でも、それはあなたではない…です。だからあなたが嫌な思いをする前に、長谷川はやめたほうがいいです」

「それは…長谷川さんにそう言って欲しいと、頼まれた…んですか？」

含みのある橘の話に、問う真結の声はかすかに震えている。だが橘は承知で続けた。

「まさか。あいつがそんなことを俺に押しつけたりはしません。言ったでしょう？　俺はお節介な奴だって。判っていて、あなたを放っておけないんです」

「…！」

弾かれたように、真結は立ち上がる。だが、派手な音はなかった。

「…長谷川さんから、お話を聞きます。だからご親切には、及びません。失礼します」

ぺこりと頭を下げ、レシートに手をのばした真結より早く、橘がそのレシートに触れる。

「失礼なことを言ってしまったお詫びに。ここの精算は俺がしておきます。さようなら」

「…っ、失礼、します…！」

頬を染め、怒りに震えながらも真結は頭を下げ、バッグを掴むと席を離れようとする。

その真結を、橘は呼び止めた。

「待って、尾道さん。…書類だけ、受け取ります」

真結は手にしていた長谷川に渡す約束だった書類をテーブルの上に乗せ、今度こそ早足で店を出ていってしまう。…橘は、追わなかった。

「…ハセの好きな奴《あいつ》ならともかく、好きな女性じゃないから教えられないよなー。女性だと限定されなくても、言えないだろ。あいつが好きなのはあなたの弟みたいです、なんてさ」

橘は頬杖をつき、届けられたコーヒーを目の前に珍しくそう愚痴《ぐち》を零した。

…そして真結はその足で家に戻り、魁と長谷川の秘密を知ってしまう。

○○○

「あれっ？　戻ってきたんだ？」

事務所に戻り橘の部屋を通り過ぎようとしていた長谷川は、その声に足を止めた。

「橘。忙しいのに、わざわざ尾道さんのところへ行って貰って悪い」

長谷川と同じく、ストッパーで部屋のドアを開け放したままの橘がドラフターの前から来い来いと手招いている。

「いやいや、俺は平気。待ち合わせすっぽかして、何してたんだよ？」

「…好きな子と、ちょっと」

「お前仕事中なのに、どこで摑まえてホテルに連れ込んだんだよ…偶然会ったのか？」

「就業時間外だよ。偶然会ったんじゃなくて、家まで行ったからホテルじゃない」

立ち上がった橘は、フロアに残っている他の社員に会話が聞かれないようドアを閉めた。

「それでコトに及ぶことになったから、俺に尾道さんのところへ行かせたのかよ⁉」

怒りよりも呆れ口調の橘に、長谷川は目を合わせようとしないまま唇を尖《とが》らせる。

「大体その通りだけど…もう、我慢の限界だったんだよ。触れたくて、抱きたくてたまらなかったのに、ずっと我慢してたけど駄目だった。他の誰かがいたらよかったのに」

「盛《サカ》ったガキの言い訳か…！　我慢出来るうちに家を出ろ！」

「無理。好きな子が目の前にいて抱き締められるチャンスがあって、しないわけないだろ」

「お前が弟の魁君を一瞬でも見たいがために、理由をつけて尾道さんの家に行っていたのは知っていたけど…仕事の神様、なんでこいつに今日外出の仕事を与えたのですか」

橘はぼやきながら片手で顔を覆う。連絡を欲し続けていた少年が、知人の弟だったと知った時の長谷川の喜び様を目の前で見ていたのは他でもない自分《橘》だ。対人スキルも高く、仕事の愛想も悪くないが、滅多に本音の感情を表に出さない長谷川が心から再会を喜んでいた。

だから本音を言えば相手が誰であれ、二人の関係がうまくいけばいいと思っている。

「仕事を寄越したのは、一度も会ったことがない神様じゃないけどね」

揚《あ》げ足《あし》を取る長谷川を無視し、橘は続ける。

「まさか隙《すき》あれば犯すつもりで家に行ってたのか？」

「人を犯罪者みたいに言うな。犯してないし、合意。家族がいつ帰ってくるのか判らないのに、変なことも出来ないだろ。向こうに許して貰えなければ、触れることもままならない」

「家族の帰りが遅ければ、変なことまでしてたと告白してないか？　それにいつから彼が好きな子扱いになってるんだよ？」

「結構前から。…でも言えない」

「なんで」

「…」

答えたくなくて黙《だんま》りを決め込んだ長谷川に、つきあいの長さから彼の性格を知っている橘はこれ以上追求しない。

「詳しく訊くから、今度奢《おご》れ。頼まれた書類も預かってきたけど…なあこれ、お前の仕事？お前があのプロジェクトが終わってからもフォローしてるのは知ってるけど」

真結から受け取ってきた書類を封筒ごと翳《かざ》す橘へ、長谷川は頷きながら手をのばした。

「厳密《げんみつ》に言えば違うけど自分が担当している業務とあのスタジオの仕事が絡んでるし、担当が顔見知りだからって預かるって…おい」

封筒を渡そうとする寸前、橘は素早く封筒を動かして長谷川に受け取らせない。

「お礼の代わりに、尾道さんのメアド教えて。連絡先の番号でもいい。奢りは別で」

「本人に訊いてくればよかっただろ？」

「あとこれ、俺は受け取らなかったことにしてもいいか？」

そう言って橘は、ヒラヒラさせていた封筒をあっさり長谷川へ手渡す。

そして中味を見て、橘の意図をすぐに察した。

「…あれ、これ。ちょっとまずい」

「な？　お前が中を確認しないで持っていくことはなかっただろうけど、もしその浮かれ頭でそのまま相手先へ右から左の郵便屋をやっていたら大変なことになってたぞ」

「尾道さん、こんなミスする人じゃないのに。どうしたんだろう」

共同企画の一端で長谷川が預かり、別の客先へ持っていく書類だった。

だが内容は、全く別の顧客宛《こきゃくあて》のものになっている。

「たまたま同じような封筒で間違えた、とかじゃないのか。間違えた書類をお前に運ばせたなんて知ったら…考えただけで気の毒過ぎる。尾道さんに連絡して、お前に渡す前に正しい書類に差し替えたってことにしてやりたいんだけど」

「そういうことなら。お前に任せる。…気遣い、助かる」

長谷川は自分のスマホから、すぐに橘へ真結の連絡先を伝えた。

橘はすぐに自分の端末に登録し、その場で電話をかける。

「ドウイタシマシテー。そもそも代役リーダーのお前にお遣いさせる内容じゃないだろ、これ。尾道さんに会う口実なら、なんでもよかったのか？」

図星を指され、長谷川の目が泳ぐ。

「口実先は尾道さんじゃないけどね」

「あぁ、本命は弟君か」

「…まあ、大体。二週間も向こうから連絡がなかったから。これ以上連絡が来なかったら、俺のほうが仕事のミスしかねなかった」

「アホ。そういう時は自分から連絡しろ。…と言っても、お前からは、まだ無理か」

「…」

皮肉半分の橘の言葉に、長谷川は返事をしない。その間にも呼び出し音が続くばかりで、真結は電話口に出る気配がなかった。

「うーん、出ないな…移動中かな。そうだハセ、俺が言うまでもないだろうけど。彼女に思わせぶりなことするなよ。彼女の気持ちは、知ってるんだろう?」

「判ってる」

「じゃあ出来る限り、尾道さんとの接触は避けたほうがいいんじゃないのか?」

「尾道さんの気持ちは判っているのに、魁君の気持ちは判らない」

「それは本人に訊けばいいだけのことで、自分の意気地のなさで尾道さんの好意を利用するのは駄目だろ、って話をしてるんだけど?」

「…判ってる」

念を押す橘に、長谷川はそう答えただけに留《とど》まる。

長谷川は既に真結から告白されていて、それに対して既に自分がどう返事をしたのかは橘には言わなかった。

●●●

夜に塾から帰ってきた魁は、食事の前に一度自分の部屋へと戻った。

それを待っていたかのように、鞄《かばん》に入れていた魁のスマホが鳴る。

スマホの画面に表示された長谷川の文字に、魁は緊張しながら通話ボタンを押した。

「…はい」

『こんばんは。電話、くれてた？』

まるで鼓膜《こまく》をくすぐられているような、長谷川の声。

「あー、すみません…！　混んでる車内で、間違えてかけちゃってたみたいで。ご飯食べたらメールしようと思ってました。その…また時間があったら出かけませんか？」

嘘《うそ》は言っていないが、本当は少しだけ、違う。塾に行っても長谷川のことが頭から離れなくて、電車待ちをしている時にスマホの画面に彼の連絡先を出して見ていたのだ。

電車が来て慌てて鞄に入れたため、混雑で電話をかけてしまっていたらしい。

『そうだね、またドライブにでも。…もしかして塾から帰ってきたばかりだった？』

「大丈夫です、家で食べないと母がうるさいんでそうしてますけど正直腹もたないですよ」

相手が長谷川でなければ、気付かないふりをしてリビングに食事をしに行っていた…とは、魁は恥ずかしくて言えない。

簡単だが具体的に出かける約束を決めてから、長谷川はほっとしたように息を吐いた。

『…そうか、珍しく魁君からの電話だから、もしかしたら何かあったかと思って』

明らかに安堵した様子の長谷川に、魁は自然と笑みが浮かぶ。

…確か真結は、まだ入浴中だったはずだ。そのことに安心して、魁はベッドへ腰かける。

真結に対して、魁は少なからず遠慮があった。

部屋も真結と隣なので、かすかだが通話の声は聞こえてしまう。そんな理由から、長谷川への連絡はメールですませていた魁は、こうして夜に気兼《きが》ねなく話せるのは嬉しかった。

「すみません、長谷川さんからお電話貰ってしまって。何かってなんですか？」

だから浮かれてつい、そんなことを訊いてしまう。

『うーん…昼間に、魁君の家であんなことしたから？　もしかしてって』

「まさか…！　さすがにバレてないですよ？」

『だって魁君、エッチした後は余韻《よいん》でエロい表情してるから』

「俺が？　ですか？　でも、そう言う長谷川さんだって…」

こうして電話越しで長谷川と話していると、まるで年齢が近い友人とエッチな話をしているようだ。それは年相応《としそうおう》の気心が知れた友人とのじゃれあいに近い会話のやりとりで、内容にたいした意味がないことは判っているが、なんだか長谷川との距離が近く感じられた。

『俺？』

「長谷川さんが絶頂時《イく》の顔だって、相当エロいですからね。俺、長谷川さんに揺すられながら自分の頭の上で気持ちよさそうな表情見て、先に達《イ》っちゃったこと何度もありま…」

魁の言葉は、突然開いたドアの音に驚いて最後まで続けられなかった。

「魁…」

「…っ、長谷…すみません、俺からかけ直します」

咄嗟《とっさ》にスマホの通話口を手で押さえた魁は、一方的にそう告げて通話ボタンを切る。

ドアを開けたのは、真結だった。話をしている間に入浴を終えて二階に来ていたらしい。

部屋に入った真結は、ベッドから腰を浮かせた魁の前へ立った。

「今の話、何…？　誰と通話してたの？　長谷川さんと、何を話してたの？」

「何って…いや違う、友達と…」

誤魔化そうとしても、普段嘘をつかない魁の目は泳いでまともに真結を見られない。

長谷川との通話を真結に聞かれていた、いつから…どこまで？　勿論、目の前にいる真結に訊くことは出来ない。通話を切ったスマホを握り締める魁へ、真結は手をのばす。

「友達ならスマホ、見せて」

真結に気圧《けお》され、魁はおずおずとスマホを差し出すしかなかった。

魁のスマホを受け取った真結は、見えるように通話履歴を開く。一番新しい『長谷川』と書かれた履歴をタップすると、真結の知っている長谷川の画像がアイコン登録されている。

「…っ」

いつ撮ったものなのか、プライベートだと判る様子で笑っている長谷川の画像だった。撮影されるのを恥ずかしがっていたのか、半分はレンズに向かって遮《さえぎ》るように手を広げているが指の間から見えているのは笑顔だ。そんな無防備な彼の笑いを、真結は見たことがない。

「教えて、魁。長谷川さんと何をしたの？」

血の気を失っている魁の様子に、真結の口調が強くなる。

「説明して、魁」

「説明って…なんで勝手に人の通話を盗み聞きしてるんだよ」

「盗み聞きなんかしてない、部屋の前を通ったら聞こえてきただけよ。魁、外で長谷川さんと会ってるの？　どうして？　魁、女の子にだってモテてるのに」

「それは…」

訊かれても、魁自身答えられない。

長谷川だけが、自分にとって特別だったのだ。どうして特別だと感じたのか、魁自身にも判らない。だけど長谷川だから劣情を抱いて彼を受け入れ、愛されたいと望んだ。

相手が長谷川でなければ、男とセックスしたいと望んだりはしなかった。

「魁、長谷川さんとそういうことがあったの？」

違う、と答えられないことが、魁の答えになってしまう。

俯いて答えられない魁の目の前で、真結は耐えきれずに両手で顔を覆った。

「どうして…どうして長谷川さんなの？　お願いよ、魁…長谷川さんだけはやめて」

顔を覆ったまま訴える真結の声は涙に濡れている。

「今の会社に新卒で入社して、仕事先で彼に初めて会ったの。それからずっと好きだったのよ。だけど一度は諦めなければならないことがあって、辛かった。辛くてたまらなかった」

漏れ聞こえてくる真結の声は嗚咽《おえつ》に消され、今にも消えそうだった。

「姉貴…」

「だけど…もしかしたらまだ希望があるかも知れないと知った矢先に、長谷川さんはそのまま前の会社を辞めてしまって…本当に、今度こそ駄目だって」

「…」

「二度と会えないと思っていたのに…また、会えて。だから今度こそ、もう諦めたくないの。…どうしていいのか判らないくらい、あの人が好きなの。だから勇気を出したの。長谷川さんを好きな気持ちは、誰にも負けない。中途半端な気持ちなら、お願いだからやめて」

「中途半端な気持ちなんかじゃ…！」

言いかけ、だけど魁はその先を続けられなくなってしまう。

中途半端な気持ちではない、だけど一番最初は好奇心と少しの好意だけで長谷川と関係を結んでしまっている。

長谷川の名前しか、魁は知らなかった。それでもかまわないと、彼の腕に溺《おぼ》れた。

「魁、長谷川さんと知りあって、まだ間もないのに」

長谷川が酔い潰れた真結を送ってくる以前に、魁と知りあっていたことを知らない。

真結から奪うつもりも、横取りするつもりも、ない。

長谷川が真結の想い人だったなんて知らなかった、本当に知らなかったのだ。

じゃあどれだけ長谷川が好きなのかと訊かれても、魁は答えられない。

自分の気持ちを振り返ると、まるで自分が幼くなって知らない場所で迷子《まいご》になったような感覚に襲われてしまう。真結の言葉ではないが、魁自身どうしたらいいのか判らなくなる。

長谷川に惹かれ、自覚がないままとっくに恋に落ちてしまっていたのだと、魁は自分で気付かないでいた。恋をする気持ちはもっと違うものだと、魁自身思い込んでしまっている。

目の前で真結が泣いた姿を見るのも初めてだし、そんな姉の姿に魁の胸が締めつけられるように痛むのだ。…初めて、長谷川から貰った電話だったのに。

「こんなに誰かを好きになったことは、彼以外…ないの…」

今度こそ、消えてしまいそうな真結の声。その声だけで、どれだけ長谷川を想い続けていたのか容易に知れて、だから魁は何も言えなくなってしまう。

あんなふうに一途《いちず》に誰かを想ったことはないし、想える真結が羨ましいとすら魁は思う。

「…ごめん」

だから魁はただ、押し殺した真結の泣き声よりも小さな声で詫びた。

何に対しての詫びなのか、魁自身判らないまま。

「謝るなら、もう…長谷川さんには一人で、会わないで」

ただ謝ることしか出来なかった魁へ真結はそう告げると、止まらない涙を拭いながら部屋を出ていってしまう。

「…っ」

会うなと言われて、魁は素直にうん、と頷けなかった。

真結を追うべきか躊躇する魁の手の中で、スマホが長谷川からの着信に鳴動する。

さっき長谷川と約束をしてしまっている。魁は暗澹《あんたん》とした気持ちで通話ボタンを押す。

「さっきは急に切ってしまってすみません。あの…」

魁は週末の約束が駄目になったと、それだけを告げてすぐに通話を切るつもりだった。

『魁君、何があった？』

明らかに違う魁の様子を察し、気遣う長谷川の声に心が震える。

長谷川とはもう逢わない、彼にはっきりとそう伝えなければ。

約束を断るために通話に出たのに、魁の唇から思わず違う言葉が滑《すべ》り出た。

「あの…長谷川さん、今から逢えませんか？」

塾で借りた友人のノートを返しに行くと言って魁は家を飛び出し、待ち合わせ場所のファミリーレストランへ到着するまでに電車を使っても三十分とかからなかった。

「何やってんだ、俺…。姉貴に会わないでと言われた直後なのに」

頭ではもう長谷川に会わないほうがいいと思っていた。だけど行動がそれに伴《ともな》っていないどころか、まるで反対のことをしてしまっている。魁自身、自分の行動が理解出来ない。

泣く真結の姿に胸が痛んだ。長谷川と会うことで真結を泣かせるのなら、会わないほうがいいとちゃんと判っている。魁自身そうするつもりだった。

「…だって、俺は長谷川さんをあ、愛して…ないし」

急ぎ足で店に入った魁はフロアで長谷川の姿を探しながら、自分にそう言い聞かせる。

彼に恋をしていない自分は、彼と会う権利がないのだ。

「でも約束したことは、ちゃんと逢って顔見て断らないと」

魁は自分が混乱しているのが、判る。だけどその理由が判らない。

長谷川ならこの混乱と、行動の矛盾《むじゅん》の答えを知っているような気がして、だから魁は逢いたくてたまらなかった。

●●●

だがいるはずの長谷川の姿は、フロアに見えない。

魁といる時に喫煙《きつえん》をしている姿は見たことがないが、もしかして喫煙席にいるのかも知れないと入り口近くに設けられている喫煙席側へ向かいかける。

「…」

こんな小さなことでも長谷川のことを知らないのだと思うと、魁は胸に小さい棘《とげ》が刺さったように感じた。だが自分が知らないことも、きっと姉は知っているのだ。

「尾道君？」

呼びかけられて振り返ると、スーツ姿の男性が魁に向かって手を上げている。

一言で言うなら華やかな雰囲気のハンサムな男性だ。魁は覚えがない。

「魁君だよね？　こっちこっち。長谷川もいるよ」

男性に手招きをされ、魁はテーブルを囲むように半円になっている客席へ向かう。

「尾道魁君だよね？　あぁやっぱりお姉さんと似てるね。長谷川は今、パウダールームだよ。コーヒーを零されてしまって、上着を洗いに行ってるから。座って待ってるといいよ」

笑顔と共に親しげに話しかけてくる男性は、真結のことも知っている様子だ。

「あの、失礼ですが…あなたは」

「俺は橘といいます。ハセ…長谷川の同僚だけど、大学の同期で友人でもあるんだ。ハセと一緒に夕飯を食べていたところだったから」

テーブルには食後のコーヒーらしい、飲みかけのカップが二客ある。

「お食事中、お邪魔してしまってすみません…！　そして姉がお世話になっています」

橘の言葉に、魁は慌てて頭を下げて詫びた。

「うーん、やっぱり礼儀正しいのも姉弟似てるんだね。実を言うと、魁君が来るまでってハセに言われてる。魁君に一度会ってみたいと思っていたから、帰らずに待っていたんだ」

「俺に…ですか？」

「あのハセが気にしてた子、ってどんな少年だったんだろうってね。魁君がハセと会った時って、人違いだったこと聞いてる？」

「え？　いえ…」

そういえばそんな話も長谷川としていないことに、魁は改めて気付く。

長谷川と逢うとただそれだけで今の時間が愉しくて、過去のことなど気にもならなかったからだ。真結の見合い話の絡みもあり、魁からは言えないこともあったせいだが。

「俺の友人が店をやっていて、いわゆるまあ…異性が対象の恋愛に向かない子達のね。たまにそこで飲むことがあって、そのお店の子に相談されて…俺はそっちのほうは全く未知だから、話が判るハセに聞いて貰うように頼んだんだ」

「長谷川さんに…ですか？」

「そう。ハセならどっちの恋愛観も判ると思って。だけどちょっとしたミスがあって、魁君とそのお店の子を間違えたんだ。…その後君と連絡を取れなくて、ずっと捜していたから」

「…！」

「ハセって職場では柔和《にゅうわ》だし社交的でそつがない。仕事も出来るしあの顔のせいでかなりモテる割には、対人関係はクールでね。あまり他人に対して執着《しゅうちゃく》って見せないんだよ。特にあんなことがあった後は尚更酷くなっていたから。そんなハセが自分よりも年下の子にそわそわしているんだから、一体どんな人物なんだろうって友人としては気にならない？」

「橘さん、長谷川さんのあんなことってなんですか？」

問う魁へ頷いた橘は、一瞬長谷川がいるらしいパウダールームを見遣ってから続けた。

「日取りまで決まっていて…長谷川には何一つ落ち度がなかったのに、突然一方的に婚約破《は》棄《き》されたこと。本人はあんな感じだから改めて口に出して言うことはないけど、相当ダメージがあったんだと思う。相手が前の会社の同僚だったせいで、結局会社も辞めてるしね」

「長谷川さんが…」

「そう。だからウチの会社へ転職してきた時に『式の直前に婚約者に逃げられてしまって、婚約破棄を機にゲイ寄りになりました』って公言して、あのやんわり笑顔で独身《どくしん》の女の子達を退《しりぞ》けてるよ。魁君のことを知ったら、彼を好きな女の子達は嫉妬《しっと》するんじゃないかなあ」

真結が泣きながら言っていた『一度は諦めなければならないこと』とはこのことなのか。

「それ以来ハセは、あまり特定の誰かと親しくすることはなかったけど。この頃よく笑うようになっていたから…俺個人としては、魁君にお礼も言いたくて」

橘に言われ、魁はぎこちなく俯く。

「俺は…何も。何も、してない、です。だとしたら俺じゃなくて…姉の真結、です」

「尾道さんがハセにお弁当届けていたの、知ってるんだ？　尾道さん、お料理上手だよね。美味しそうな彩りでハセも、いつも残さないで食べてたよ」

「…っ」

魁の頬が引き攣り、かすかに唇が動く。だが魁は、何も言わなかった。

長谷川には婚約者がいた。これからの人生を共に歩むつもりで選んだ伴侶《はんりょ》がいたのだ。てっきり長谷川は同性愛者だと思い込んでいた魁は、それだけでも雷《かみなり》に打たれたような衝撃だった。ならば今度は真結が、長谷川の新しいつれあいになる可能性もある。

「…そうか、だから」

真結は長谷川のこの事情を知っていたからこそ再会を喜び、魁にもう会わないでくれと願ったのだ。同性同士で行為に至ったことへの反応が過敏《かびん》にならなかったのも、長谷川が両刀だと以前から知っていたためだろう。

公言通りに婚約破棄をされてゲイ寄りになったのだとしたら、新しい女性の恋人が出来れば結婚に至っても不思議ではないのだ。

「魁君」

自分を呼ぶ長谷川の声に、魁はのろのろと顔を上げた。

「…長谷川さん」

自分は今、どんな表情をしているのか魁は判らない。

「どうした？」

「…っ、いえ、なんでもないんです」

喉まで出かかった言葉を、魁は無理矢理飲み込む。まるで泥団子《どろだんご》を飲み込んだようだ。

言おうとした言葉が喉につかえ、濁《にご》って出てこない。

自分はここまで長谷川に逢いに来て、何を言うつもりだったのだろう。

真結に関係を知られてしまってどうしたらいい？　と泣きつくつもりだったのだろうか。

そして…もしかして、長谷川の前に開いている幸福を邪魔してしまうことになったら。

したばかりの約束を、直接逢って取り消すために来たはずだった。

なのに魁の頭からは今、すっかりそのことがなくなってしまっている。

口実はなんでもよくて、ただ逢いたくてここまで来たことを魁自身判っていなかった。

「…急に逢いたいなんて言ってしまってすみません、長谷川さん。なんか顔を見たら、安心しました。だから俺、帰りますね。…失礼します」

立ち上がった魁は長谷川に口早にそう詫びると、ぴょこんと頭を下げ店を出ようとする。

「待って、魁君」

「やだ…！」

のばされた長谷川の手を、魁は逃げるように避けた。

「魁君？」

「…っ」

長谷川の顔をまともに見られない魁は、そのまま身を翻《ひるがえ》して店を飛び出す。

魁の後を、長谷川も追った。

「待って、魁君…！」

静かだが抗い難い長谷川の声に、魁は立ち止まってしまう。

「何もなくて、わざわざこんな時間に君が家を飛び出してくるわけがないだろう」

「本当に…！　何もないんです。ご迷惑おかけして、すみません」

見ないで、近くへ来ないで。そんな言葉を近付いてくる長谷川へぶつけてしまいそうになるのを必死になって抑えるだけで、魁はそれ以上もう余裕がなかった。

「迷惑なんか、かかってないよ。話をしていて急に切れて、すぐに連絡を入れた時に様子がおかしければ…何かあったと心配するのは当たり前だと思うけど」

再度電話に出た魁の様子が変で、急に通話を切った間に何かあったのは明白《めいはく》だった。

「橘に、何か嫌なことでも…言われた？」

魁は俯いたまま首を振る。

「いいえ、橘さんは何も…本当に、なんでもないんです。心配かけてしまってごめ…」

「俺に謝らなくていい、謝るくらいなら」

「なんでもないったら…！」

「魁君」

思わず怒鳴ってしまった魁は、申し訳なさに恥じ入りながら急いで頭を下げた。

「大きな声出してしまって、すみません…！　ちょっと考えたいことがあって…頭を冷やすのに長谷川さんと逢う約束、一度キャンセルさせて貰ってもいいですか」

魁は頭を下げたまま何故？　と長谷川に訊かれるかも知れないと半分覚悟していた。だけど頭上から聞こえてきたのは、小さな溜息と長谷川からの同意の声。

「魁君が、そう言うなら」

「…！」

顔を跳ね上げた魁は自分が浮かべているであろう落胆《らくたん》の表情を、唇を嚙み締めることでこらえた。そしてうん、と子供のように頷いて体を起こす。

「すみません…失礼します」

魁は消え入りそうな声で謝ると、改めて長谷川に背を向ける。

「魁君。待っているから、いつでも連絡して」

声をかけてくれた長谷川に魁は肩越しに振り返り、泣きそうな表情で頷いただけだった。

○○○

穏やかな天気の土曜日、長谷川は尾道の家を訪れていた。

だが魁に逢いに来たわけではない。それは誰よりも魁自身が判っていた。

「おはよう…ございます」

玄関に出迎えてくれた魁は、ぎこちない声で長谷川に挨拶《あいさつ》するので精一杯だった。

先日ファミレスの前で別れて以来、魁から連絡はしていない。そして長谷川からも連絡はなかった。だからこうして逢うのは、久し振りになる。

「おはよう、魁君」

まともに自分の顔を見てくれない魁を、長谷川は少し首を傾げて覗き込む。

「…姉貴、支度が遅れてるみたいで。上がって待ってて下さい」

玄関には二人きりで、だが魁の様子が明らかによそよそしい。

言うだけ言って背を向けようとする魁の手を、長谷川がそっと掴まえる。

「待って、魁君」

「…っ」

長谷川の言葉に、掴まえていた手にも伝わるほど魁が体を弾《はず》ませた。

「こっちを向いて、魁君。俺は君に、何か気に障《さわ》るようなことをしたのかな」

「違、います。長谷川さんが、悪いとかではないです。ちょっと、試験勉強で…疲れてて」

魁の言葉が、嘘だと判る。だけど、長谷川にはそれ以上食い下がることが出来ない。

「そう…あまり無理しないようにね。…魁君、忙しいとは思うけど」

何があったのか話して貰えれば、助けられることがあるかも知れないのに。

「あの、長谷…」

心配する長谷川に励まされたのか、魁が何かを言いかける。だがその背後からパタパタと軽い足取りが聞こえてきてしまう。

足音の主である真結が気付く前に、長谷川は魁から手を離した。

真結の足音に、触れていた魁から緊張が伝わってきたからだ。

「おはようございます、長谷川さん。お待たせしてすみませんでした」

「いいえ、今来たばかりですよ。今日はわざわざのお誘いすみません」

礼を言う長谷川の前で、真結は慌てて手を振る。

「とんでもないです…！　先日の私の不備の、せめてものお詫びとお礼です。あの時は本当にありがとうございました。お陰で会社で始末書にならなくて済みました」

「俺は何もしていません」

「いいえ、ご連絡戴いただけで、本当に助かりました…！　以前長谷川さんが伊藤若冲《いとうじゃくちゅう》が好きと伺っていたので…ちょうど展覧会《てんらんかい》があったのを見つけたので」

長谷川と出かけられるのが嬉しくてたまらない、そんな表情で真結は笑う。

「…」

そんな二人の様子を見ている魁は、複雑な表情を浮かべている。

「じゃあ魁、留守番お願いね」

「…俺、午後から塾でいないけど」

「判った」

その言葉に真結が靴《くつ》を履《は》きながら応じたのを確認してから、魁は自分の用事は済んだとばかりに奥へ戻っていく。その背中を、長谷川は無言のまま目で追う。

さっき何か言いかけたのは、どんな内容のことだったのか。

「…」

長谷川の視線を感じたのか、ダイニングへ向かう魁が一瞬振り返った。

目が合い、物言いたげに魁の唇がかすかに開く。

それ以上に、真っ直ぐ見つめてくる魁のまなざしを長谷川は受け止めた。

何か一言でも、伝えられる言葉があれば。

「お待たせしました」

だが真結の声に魁は口を引き結び、そのまま行ってしまい見えなくなった。

長谷川も何も言わずに真結と共に玄関を出て、停めていた車に乗り込む。

「…ごめんなさい、長谷川さん。魁、このところずっとなんだか調子が悪いみたいで。普段もなんだかあんな感じなんです。以前も一時似たようなことがあって」

助手席に座った真結の言葉に、長谷川は車を発車させながら訊《たず》ねた。

「どこか、体調でも？」

「いいえ、違うとは思うんですけど…。少し前にも、土曜日に突然外泊して日曜日に戻ってきた時に、帰りにお財布を落としたって凄い落ち込んでたことがあったんです」

「財布を？　魁君が？」

「はい。その時も同じような感じだったから、また何か大切なものでも落としたのかも」

「大切なもの？」

外はお天気で心地好い風が吹き、目的地までのドライブには最高の天候だった。

あの日、魁と奥日光《おくにっこう》まで出かけた時のようだ。

「お財布に貰ったばかりの名刺が入っていて、それをなくしたって酷く落ち込んでたんですよ。連絡するために貰ったのに、なくしてしまったから連絡先が判らないって」

「それで…魁君のお財布は見つかったんですか？」

「いいえ、電車の中で盗難に遭《あ》ったと言っていました。結局は戻ってきてないみたいです」

「…。学生でお財布落とすのは、かなり痛手ですね。社会人でもダメージありますが。ところで尾道さん、お腹空いてませんか？　実は今日、朝ご飯を食べ損なっていて。確か途中で美味しいガレットを出してくれるお店があるんですが、行く前に寄ってもいいですか？」

「はい、勿論です。ガレット…ですか？」

真結に同意を貰った長谷川は、案内する店に向かう。土曜日の都内は、平日ほど道路が混んでいないので、渋滞《じゅうたい》のストレスは皆無《かいむ》だ。

目当ての店は二十分とかからずに到着する。車は近くのコインパーキングに停め、二人は小振りな店内の窓際の明るい席に案内された。

出されたメニューを開くと、ガレットを扱った様々なメニューが並んでいる。

「以前尾道さんに作って戴いていたお弁当で、すっかりガレットに嵌《は》まってしまって。時間がある時に美味しいと評判の店を調べては、あちこち食べ歩きするようになっていますよ。このお店なら、多分尾道さんのお口に合うと思います」

「私は、ガレットは…」

「もしお時間があれば展覧会の後に、買い物につきあってくれませんか？　その後で、尾道さんにお話ししたいことがあります」

困惑気《こんわくげ》な表情を浮かべる真結を、長谷川は真っ直ぐ見つめたままそう告げた。

●●●

ソファでうたた寝をしていた魁は、急に眩《まぶ》しさを感じて目が覚めた。

誰かがリビングの明かりをつけたらしい。

「なんだよ…」

「そんなところで昼寝をしていたら、風邪引くわよ受験生。塾はどうしたの？」

「姉貴？　塾はまだ先だよ…なんでこんなに早いんだ？」

眠い目を擦ると、夕方の六時を過ぎる頃だ。夏が過ぎて、一気に日が短くなっている。

スマホで時間を確かめ、欠伸《あくび》をしながら体を起こした魁の膝の上に、ラッピングされた箱が乗せられた。

「それ、長谷川さんから。魁にですって」

「長谷川さんから？　なんで？　…姉貴、なんか機嫌悪い？」

「別に」

長谷川と外出した日は、いつも上機嫌で帰ってくる真結がいつもと雰囲気が違う。

何が、とは言えないのだが。なんとなく違うのが肌で判る。一体どうしたのだろう。

今日はもっと長く長谷川と過ごすつもりでいたのに、早く帰ってきてしまったことで機嫌が悪いのだろうか。かといってひどく遅く帰ってきたこともないのだが。

「夕飯くらい、食ってくると思ったのに。長谷川さん、どうしたんだ？　家に上がって貰わなかったのかよ？」

出かける時にリビングの窓越しから彼らを見送ったが、今日は車だった。車で来ている時は、長谷川は必ず家まで真結を送り届けてくる。だから珍しくて、魁はつい訊き返してしまった。

「長谷川さん、いないわよ。私は電車で帰ってきたもの」

「電車？　また途中で急ぎの仕事入って、姉貴だけ電車で帰ってきたのか？」

パウダールームに向かいかけた真結は、魁の言葉に足を止めて振り返った。

「違うけど…また？　またって何？　魁、長谷川さんと前にそういうことがあったの？」

女性特有の勘のよさに機嫌の悪さも相俟《あいま》ってやや強い口調の真結へ、魁は内心辟易《へきえき》した気持ちで首を振る。真っ先に思い出したのは、最初に逢った時のことだ。

だけどそれを真結に言うことは出来ない。過去のことで今更どうしようもないことを問い詰められたくないし、長谷川との思い出を魁は誰にも踏み躙《にじ》られたくなかった。

「この間、それで長谷川さんが家に来たんじゃないのかよ…」

自分がどんな気持ちで、長谷川と連絡を絶《た》っているのか。人の気も知らないで…そんな余計なことを心なく言ってしまいそうになる。

だが真結は長谷川に対する魁の気持ちなど、知るわけがないのだ。

何故なら魁自身、自分でも判っていないのだから。

ファミレスで別れて以来、魁はずっと長谷川のことが頭から離れずにいた。

それは最初に彼を見つけ出せないまま過ごした日々以上に、ずっと続いている。

「長谷川さんとはもう逢ってないし、姉貴がそんなに神経質になることなんかないよ」

「じゃあどうして長谷川さんは、魁にそんな贈り物をしたの？」

「知らないよ。今日一緒に買い物してたのは姉貴だろう？　そんなに心配なら、俺に贈り物をくれる理由を長谷川さんに訊けばよかったのに。それが嫌なら、俺に渡すのを引き受けなければよかっただろう？」

「それは、そうだけど…」

魁は膝に乗せられたばかりのリボンがかけられたままの薄い箱を、納得しかねる様子の真結へ差し出した。

「姉貴が心配なら俺、これ受け取らないから。姉貴から長谷川さんにそう言って返してよ」

「魁」

魁は立ち上がる。魁も長身なほうではないが、とっくに小柄な真結の背を超えていた。

「誰かが辛《つら》いとか悲しいとかそんな思いするの、俺も嫌だ。姉貴が俺と…長谷川さんとのことで嫌な思いしてるなら、ちゃんとはっきりしてくる」

「はっきりしてくるって…魁？」

「これから長谷川さんのところへ行って、話をしてくる。ついでにこれも返してくるから…だから姉貴、もう俺と長谷川さんとのことはこれきりにして欲しい。その代わり、俺は長谷川さんとのことは姉貴には謝らない。謝らない理由も、言いたくない」

「どうして、魁」

手の中の箱を見つめていた魁は自分に納得させるようにうん、と頷いて顔を上げた。

「ねぇ姉貴、ひとつ訊いてもいい？　これは、意地悪《いじわる》で言うわけじゃないんだけど」

「何…」

「あの日からずっと考えてた。姉貴は俺と長谷川さんのことを偶然知ってしまったけど、もし長谷川さんの相手が俺じゃなかったら…たとえば、かつて長谷川さんと婚約していた女性でも…俺にぶつけたのと同じ言葉をその相手に言えた？　『お願いだからやめて』って」

「‼」

刷いたように顔色を変えた真結を、魁は真っ直ぐ見つめる。

「…じゃあ俺、行ってくるから」

真結からの答えが欲しくて訊いた問いではない。

だから真結が答えられなくても、魁はかまわなかった。

何も言えずにいる真結をそのままに、魁は家を後にする。

「待って、魁…！　違うの、長谷川さんは私にもう…っ」

真結が急いで魁の後を追い玄関を開けるが、そこには彼が普段乗っている自転車はもうなかった。

「どうしよう、魁…！」

真結は相談するために自分のスマホを手に取る。

彼女がこの状況を相談出来る人は、唯《ただ》一人だった。

都内の駅近くにあるマンションに、長谷川が暮らす部屋があった。

お互いの連絡先を教えあった際、長谷川が電話番号以外に自分で魁のスマホに入力しておいてくれた住所である。エントランスの広い、まだ新しいマンションだった。

このマンションではエントランスと居住区が自動ドアで仕切られている。来客者はエントランスホールで部屋番号を押して、住人に部屋から解錠《かいじょう》して貰わないとドアが開かない。

部屋の番号を押すと、長谷川はすぐに中からドアを開けてくれた。

「約束もなく、急に訪ねてきてすみません」

「どうせ一人暮らしだから、気にしないで。…魁君はここへは来てくれないと思っていたから、嬉しいよ。帰ってきたばかりで散らかってるけど、上がって」

そう言って中へと招き入れてくれる長谷川へ、魁は玄関先で立ったまま首を振る。

「俺はここでいいです。…実は長谷川さんに、お話があってきました」

「話を聞くから、やっぱり部屋へ上がってよ。玄関先だと、落ち着かないから」

「じゃあ…すみません…お邪魔、します」

穏やかな声の長谷川に再度促され、魁は頭を下げてから靴を脱いだ。

廊下を抜けて真正面にあるリビングには、大きめのテレビとその正面にソファが置かれている。南窓でまだ明るい窓際には観葉植物《かんようしょくぶつ》が置かれ、食事のためのダイニングテーブルはない。代わりにキッチンカウンターにはスツールが見える。男の一人暮らしらしい、部屋だ。テレビとソファの間にあるテーブルには、建築やデザイン雑誌が広がっている。

「今コーヒー淹れるから、好きなところに座ってて」

「いえ、飲み物はいらないです。長谷川さん…あの、俺…」

リビングに入ってすぐの場所で立ち尽くしたままの魁へ、お茶を淹れるためにキッチンへ向かいかけた長谷川が近付く。魁は顔を見ていられなくて、下を向いた。

「…」

…リビングへ入ろうとしない自分の姿が、長谷川には以前の来客者と重なって見えていたことを魁は知らない。

玄関にある窓からの夕日が長く射《さ》している…この時間帯まで、同じだったのだ。

「長谷川さん、俺…はもう、長谷川さんに逢うの、やめます。それで…これ、姉から預かったものです。俺は戴くことは、出来ません。ごめんなさい」

魁は顔を上げられないまま、本当に申し訳ない気持ちで真結から受け取った箱を長谷川へと差し出した。

「なんの皮肉だろう…まさか、そんなことまで全く同じなんて」

「？」

呻《うめ》くような長谷川の声に、魁はやっと顔を上げる。

見えた長谷川の顔は傷つき、それでも魁へ向けて気遣《きづか》わしいまなざしを向けていた。

「長谷川、さん…？」

見えた長谷川の表情に、魁の胸が鋭い何かに突き刺されたように痛む。

だからまた、魁は酷くいたたまれない気持ちになって俯くしかなかった。

「…っ」

違う、辛い気持ちにさせたいわけじゃない、傷つけるつもりなんかなくて。

魁は長谷川も自分と同じ気持ちでいながら、どうしていいのか判らずにいるとは気付かない。まるで過去が蘇《よみがえ》り、再び長谷川を苦しめているとは知らなかった。

二人で同じように、泣き出しそうな表情を相手へ向けている。

だが長谷川がふと、何かに気付いたように口を開いた。

「魁君…それは、どうして？　い、いい、」

「え？」

それは好奇心旺盛《こうきしんおうせい》な魁が興味深く、長谷川に使っていた言葉だった。

「どうして、俺とはもう逢わないって。俺のことはもう、逢いたくないほど…嫌い？」

「まさか…！　違います、そんなはずがない…！　そうだったら俺、こんなに…！　こんなに苦しい気持ちになんか、なってないです！」

「…」

「小学生じゃないんです、もう逢わないって決めたって、わざわざ言いに来る必要なんかないです。だって普段の生活リズムから違う長谷川さんとは、約束をして時間を決めなければ、逢えない。だったら約束しなければ…いずれ自然消滅《しょうめつ》しますから」

「それならどうして、わざわざここまで？」

指摘され、魁は気付いたように再び顔を上げ、そして長谷川を見つめたまま続ける。

「俺…俺達の間柄って、なんですか？　外から見たって知りあい、じゃないですよね…でもただの友人なら、あんなことしない。いや、する人もいるかも知れないけど、少なくとも俺は知りあいや友人とはあんなこと、しないです」

「どうして？」

「どうしてって…だって、特別なことだと、思うので。男同士でも」

「でも…俺とは？」

「長谷川さんとは知りあいになる前、だったんです…！　だ、けど…長谷川さんに逢ったら俺、あなたに触れたくて。だけど俺では、その権利はなくて」

「…！」

「権利がない、それだけで俺は絶望しそうになりました。知人でも友人でも…ふ、触れたいなんて思うなんて…駄目、ですよね。だって俺達、つきあってるわけでも…ない、し」

「魁君」

改めて自分の口から言ってしまうと、魁の胸の奥から何かが突き上げてくる。歯を噛み締めてこらえようとするけれど、鼻の奥が染みるように痛んだ。

駄目だ、ずっと自分では気付かなかった気持ちが…溢《あふ》れてきてしまう。

「権利がない、それだけで俺…絶望しました。誰かが長谷川さんを好きでも、俺は…嫌だって言う権利も、なかったことに。俺、自分の気持ちが判らなくて…俺よりもずっとずっと長谷川さんのことが好きな人が、お似合いの人がいればそっちのほうがいいと思っ…」

話をしている魁の頬に、溢れた涙が伝っていく。

降り始めは静かだった雨がやがて大粒になるように、魁の涙は彼のおおらかな感情のままぼたぼたと落ちていく。魁は涙を拭うこともなく、続けた。

そうか、やっと判った。いつの間にかどうしようもなく、長谷川に惹かれていたのだ。

だから逢えば愉しかったし体を委《ゆだ》ねたし、真結に逢うなと言われて頷けなかった。

もう二度と逢えなくなるのかも知れないと思って怖くて、夜に家を飛び出してファミレスまで行ったのは…今日またこうしてマンションまで訪れたのは、長谷川が好きだからだ。

どうして今まで違うと思い込んで、自分の気持ちに向きあわなかったのだろう。

「俺、長谷川さんに逢うのは、したいだけだとずっと思っ…た。でもそれは好きな気持ちと、違いますよね？　はっきりしないのも苦しいし、姉貴が俺と長谷川さんとのことで泣くのも…辛くて。でも、俺本当の自分の気持ち、今まで知らなかった…」

自ら別れを告げに来て、自分から口にしたのに。辛くて苦しくて、涙が止まらない。

ここから出て行ってしまったら、もう二度と長谷川に触れることも出来なくなる。

考えるだけで胸が締めつけられて、呼吸すらままならなくなりそうだった。

魁はようやく、自分の行動が気持ちと符合《ふごう》するのを感じていた。

そうか自分は、長谷川が好きなのだ。だから辛くて、泣きやむことが出来ない。

自分の心に嘘をつこうとしているから。自分の心が、判らなかったから。

嗚咽をこらえようとする魁へと、長谷川は静かに近付く。

「…魁君、顔を上げて」

「出来な…俺、自分勝手過ぎて、長谷…さんに、向ける顔なんてな…」

「大丈夫、だから顔を上げて。上を向くんだ、魁」

初めて呼び捨てにされ、魁は驚き半分で目の前の長谷川を見つめた。

「俺は、君が好きだよ。ボードゲームで遊んでくれる友達としてではなく、恋人が相手に想いを寄せる感情の好きという意味で」

「長谷川さ…？」

「今君に言われた言葉が…別れの言葉が、胸を抉《えぐ》るようだった。…以前、魁君が今立ってい

るまさにこの場所で、俺は婚約者に別れを告げられたことがある。今魁君がそうしているように、指輪を両手で差し出して、もう別れたいと。あの時とシチュエーションが全く同じ」

「…！」

「その時は、彼女の心がもう離れてしまったことが判ったし、嫌だと言うのを無理には引き留めない…あの時はもしかしたら半分腹が立って意地もあったのかも知れないと思う。だけどね、その時は俺は『どうして？』とは彼女に訊かなかったんだ」

「えと…それはどうして、ですか」

長谷川は、ぽかんと見つめる魁へ少し困ったように笑い、続ける。

「…もしその時に今のように『何故？』と訊いていれば、別れることはなかったかも知れないね。その時の俺はそこまで…食い下がってまで引き留めたいほど気持ちが働かなかった。だけど今は、違う。何度でも君に訊くよ、魁君。俺は君と逢えなくなるのは嫌だ」

「だって…！　かつてそんなふうに結婚を決めた相手がいるくらいなら、男同士で、年下の俺なんかより、誰にも言えて皆に祝福される相手のほうがいいに、決まってる…！　皆だってそのほうがしあわせに」

「じゃあ魁君の気持ちは？　そして俺の気持ちは？　当事者《とうじしゃ》含めて皆じゃない？」

「長谷川さん、姉貴とデートしてたりするじゃないですか…！　家にきて、そして」

「魁君の家へ訪ねていたのは、君に逢うためだよ。少しでも、逢いたかったから。あぁそうか…尾道さん、お姉さんのことか。尾道さんには、もうはっきりお断りしてるよ」

「え…」

「もし魁君がいなくても、尾道さんには恋愛感情が生じることはないからって。君に別れを告げられるまで、判らなかった。俺は君の傍《そば》にいたい」

真っ直ぐ、見つめてくる長谷川のまなざし。

魁は長谷川からの告白に、短く息を吸い込む。

「だって…！　俺のどこが？　俺は好きでも、長谷川さんはあり得ないです」

「どうして断言するの」

あまりに信じられない様子の魁の前で、長谷川は苦笑していた。

「だって高校生で、男で、リバーシも一度も勝てたことないのに、エッチもその…上手じゃなくて…！　社会人で仕事が出来て、格好よくてモテて、そんな長谷川さんが俺を好きになってくれる理由、ないですよ…！」

長谷川は頷き、幼い子供に説明するようにひとつずつ指を折る。

「あるよ。君が気付かないだけでいくつもある。気遣いがあって優しいこと、俺に気持ちをちゃんと伝えてくれること、お姉さん思いなこと…それから、料理が美味しいこと。尾道さんが俺に届けてくれていたお弁当、あれは魁君が作っていたんだろう？」

「！　どうして…」

「食べれば判るよ。これでも食いしん坊だからね。尾道さんのお弁当は、俺が作ってますって教える機会はいくらでもあったのに、それを俺に言わなかったのはお姉さんを思ってのことだろう？　そして恐らくは今日ここへ来てくれたのも。お姉さんと…そして俺を気遣ってくれたから。自分の気持ちを殺してね」

「長谷川、さん…。でも俺…ずっと長谷川さんとは、距離を感じていて、それで」

長谷川はそっと手をのばし、魁の手に触れる。魁は逆らわず、ただ彼を見上げた。

「ごめん。俺は怖かったんだ。ずっと君が…怖かった」

「怖かった？　長谷川さんが？」

「結婚が駄目になって以来、心を許した人が…好きになって裏切られたら怖い、そう思うとどうしても近付けなかった。惹かれれば惹かれるほど、怖くて距離を置いた」

「…」

あまり表に感情を出さない長谷川が、それでも絞り出すように選んだ言葉。

その言葉の中に、かつて彼がどれほど苦しみ抜いたのか容易に窺《うかが》えて、魁はきゅ、っと繋いだ手に力を込めた。

「俺は…一番最初、長谷川さんが俺を間違えた誰かがそういうのが大丈夫で、だから誘ってくれたんだと、思ってました。セックスしてもいい相手だったからって。だから俺のことを持て余しているんだと、思ってました。…逢うのはいつも、俺からの連絡だったし」

「言い訳にもならないけど、最初は本当にそうだったんだ。だけど再会して、違うことを知っても…俺は魁君に惹かれた。これまで、あんなに夢中に誰かを求めたこともないよ」

「う…」

嘘だ、と言おうとしたが、魁は恥ずかしさが募って下を向く。

「自分から連絡出来なかったのは、ごめん、本当に君に近付きたくなかったんだ。惹かれていく自分が判っていたから。…逢えば求めてしまいそうで」

「それは長谷川さんが、相手に距離を作ろうとしていたことと関係あるからですか？」

「惹かれていくけど、君が怖かった。君に惹かれていく、自分の気持ちがね。…だから惹かれていくのに、拒んでいたんだ。そのせいで魁君を惑《まど》わせ、ここまで来させてしまった」

そう言って子供のように頭を下げる長谷川を、魁は抱き締めたくなる。

「そうか…だから、長谷川さんは俺に…俺に、なんでも訊いてって言ってくれていたんですね。自分からもう、怖くて…いたから」

「自分の気持ちをはっきり告げられないまま、都合よく魁君を振り回してしまっていた…狡《ずる》くて、すまない。まだ許されるなら、今の俺の気持ちを魁君に伝えたい」

長谷川の言葉に、魁は軽く首を振る。

「その前に。俺の気持ちを言わせて下さい。俺は、長谷川さんが大好きです。好きになっていたこと、今の今まで気付かずにいました」

「魁君」

「だから…鈍い俺に教えて下さい、長谷川さん。ずっと人と距離を置いていた長谷川さんが、どうして…俺に自分の気持ちを伝えてくれたんですか？」

長谷川はぎゅう、っと魁の手を握り締めた。

「ちゃんと教えてくれる魁君、君に影響されたから。自分に訊いて判った。…決まっている、別れたくなんかないから」

「俺はまだ子供で、リバーシも勝てなくて、男ですよ？」

「魁君だからこそ惹かれた。君の若いからこその行動力が、大人になってしまって自分で勝手に作って閉じこもっていた檻《おり》を壊してくれたんだ」

「もし俺が、何かの役に立ったのだとしても…出てきてくれたのは、長谷川さんの力です」

魁の言葉に、長谷川は穏やかに笑いながら首を振る。

「君を失うくらいなら、どんな快適な世界からでも俺は出てくるよ。リバーシもいつか俺が負けてしまう。それまでに何度でも勝負出来るってことだろう？」

「いつか、長谷川さんに勝ちたいです」

魁の言葉に、長谷川は笑顔のまま頷く。

「うん。俺も手加減しないよ。魁君が男だったからこそ…俺は君に惹かれたんだ。心ある美味しいお弁当に、俺を探し続けてくれた優しさに…俺とまた逢いたいと思ってくれていた君でなければ、俺はここで引き留めたりしない」

「長谷川さん」

「魁君、君を…愛しているんだ。俺は、君を失いたくない。だからもう一度、俺に君の気持ちを…聞かせて」

痺《しび》れるような気持ちで訊ねた長谷川を見つめていた魁は、一度目を伏せてから改めて誰よりも愛しい人を見つめる。

「好きです、長谷川さん。俺、誰よりも…あなたが好きです」

その時に見た長谷川の笑顔を、魁はなんと表現していいのか判らない。

子供のように幼く、だけど一番しあわせそうに微笑んだ。

「…ありがとう。これが俺の最後の勇気だと思って、俺の言葉を信じて…これからは、俺の恋人になって下さい」

そう言って長谷川は跪《ひざまず》き、頷いた魁へ誓《ちか》うように手の甲へと口づけた。

「だから長谷川はやめたほうがいいって、ちゃんと忠告したと思うんだけどなあ」

泣きじゃくる真結に、橘は使っていない清潔な自分のハンカチを差し出す。

「だって…好きだったん、だもん…」

子供のような口調になっている真結の背を、橘は慰めるため何度も優しく擦《さす》る。

魁が長谷川のところへ行ってしまったのは別れを言うためだと察した真結は、橘へと救いを求めた。自分はもう、出先で長谷川に全く望みがないことを告げられている。


家に帰って不機嫌だったのは、ただの八つ当たりだ。

「もし自分のせいで二人が別れてしまったらどうしよう、ってそれで急いで俺に連絡してくれたんだよね？　弟君はお姉さん思いだから、ハセが好きでも身を引いてしまうかもって」

「…です」

「うん。でも俺から見ると、同じように尾道さんも弟思いだと思う」

「そんな、こと…。私はずっと、自分のことばかりしか見ていなくて」

「大丈夫、本当はあなたが優しいことは俺がちゃんと知ってる」

「橘さんも、優しいです。すみません、橘さんにまで私の我儘《わがまま》につきあわせてしまって」

真結が相談のために連絡を入れた橘は、すぐに家まで車でかけつけてくれたのだった。

そして家の人が心配しないようにと、真結を外へ連れ出してくれている。

橘はそのまま海までドライブし、静かな場所で車を停めていた。

「いえいえ、我が儘とは思っていないので気にしないでね。それに尾道さんにつけ入るチャンスは逃しませんよーってことで」

「…ご自分のせいにしてくれるところが、やっぱり橘さんは優しいです」

「尾道さんのところへ向かう前に、長谷川には連絡したから大丈夫。弟君とは喧嘩《けんか》もしてないし、別れ話にもなってないからって。ハセが巧《うま》くやるだろうから、向こうは心配ないよ」

「ありがとうございます」

「うん。尾道さんがずっと長谷川を好きだったのは知ってる。だから今が一番辛い気持ちなのは判るから。…ずっとつきあうから、飽きるくらい気が済むまで泣いたらいいと思うよ」

「そしたら…橘さんが、帰れなくなっちゃいますよ…」

「大丈夫、今日は土曜日だから。好きなだけ泣いてくれても大丈夫」

わざとのんびりとした口調で慰めてくれる橘を、真結は見つめる。

「橘さん…」

「俺が言うと下心満載《まんさい》に聞こえるとは思うけど…まあ実際そうだけどね。尾道さんは素敵な女性だと、俺は思ってる。そんないい女が判らない、見る目がない長谷川をいつまでも思っているよりも…もっと尾道さんの素敵な部分を判ってる奴に摑まえられたほうがいいよ？

たとえば…」

「たとえば？」

橘は笑いながら自分を指差す。

「俺みたいなのとか？　お料理が少々苦手でも、俺は大丈夫だからさ。気が済むまで泣いて、お腹が空いたら。そしたら美味しいものを食べに連れていってあげる。食べて元気になって、そしてまた笑って。そして皆でしあわせになろうよ。今はまだ、辛いだろうけど」

ね？　と笑う橘に、真結もようやく小さく笑って頷いた。

長谷川と魁は、長谷川の部屋でこれまで出逢えなかった時間を埋めるように話をした。好きな色や苦手な食べ物、何に惹かれどんなふうに過ごしてきたのか、取るに足りないささやかなことから、人生に影響したであろう大きなことまで思いつくまま、お互いの話に耳を傾け共感し、判らないことはその都度訊ねた。

橘に慰められた真結が送られて夜に戻った時間を過ぎても二人は話し足りず、魁は長谷川に誘われるまま彼の家に泊まると家へ電話を入れた。皮肉なことに真結を経由して顔見知りでいたために、両親はすんなり魁の外泊を許してくれている。

さすがに空腹を覚えて食事を済ませた二人が寝室へ向かったのは、愛を確かめあうためのごく自然な流れだった。

全てがクリアになったわけではないが、少なくともこれからは真結に対して引け目を感じる必要はない、それだけでも魁の心は軽い。

『最初から、やり直さない？』

食事の後にそう提案したのは、長谷川だった。

「普通なら愛情が募《つの》ってセックスに至るのに行為が愛情よりも先だったから、本来気付くはずの自分の気持ちが判らなくなってしまっていたんだ。俺と…そして、魁君も」

触れあう肌が心地好くて、互いに何度も擦りあう。

「うん…それは、判ります。俺、長谷川さんが初めてだったけど…なんと言うかその…この気持ちよさが得られるなら長谷川さんにどんなことされてもかまわない、ってくらいドロドロになってた…んです。…知ってると、思いますけど」

恥ずかしそうに囁《ささや》く魁へ、唇を寄せながら長谷川が小さく笑う。

「うん、俺が魁君をそうさせた張本人《ちょうほんにん》だから凄く、知ってる」

魁は長谷川に縋りつきながら、小さく…そして甘えるように呻く。

「それで…長谷川さんとのセックスが…初体験でガツンと強烈《きょうれつ》なのが来ちゃったから、俺自身またあの体感を得たいだけで長谷川さんが気になっていたのかも知れない、だから未練《みれん》があるんだって…そんな後ろめたさがずっとあって」

恥ずかしがる気持ちが判るから、長谷川は笑いながら腕の中の魁を優しく抱き締める。

同じ土曜日の夜、ホテルの寝室と同じことをしようとしているのに、二人の気持ちはあの頃とは全く違っていた。

二人がいる寝室のカーテンは閉められ、照明もぎりぎりまで調光《ちょうこう》が絞られている。

その部屋で二人は全裸のまま、これから深く愛しあうために抱きあっていた。

充分に広いダブルベッドは、長谷川以外使ったことがないと魁は教えて貰っている。

ベッドには清潔なシーツが敷かれ、ベッドの中央に腰を下ろした長谷川と向きあうように魁も座っていた。長谷川の腰を跨《また》ぐようにしているので、膝を閉じることは出来ない。

「改めてこうするのは、恥ずかしい？」

耳元へ唇を寄せながら意地悪に問う長谷川に、魁は小さく首を振る。

「自分が今、どんな状況か想像したら…恥ずかしさで死ねます。…もっと恥ずかしいことをしたことあるのに、さっきから長谷川さんの指がなんか、エロくて…」

洗いたてでまだしっとりと濡れている魁の前髪へと、長谷川は優しく唇を寄せた。

「これから一晩中、君を愛おしいと魁君を愛せると思うと、エロくならないわけがない。…キスして、魁君」

長谷川のおねだりに応じ、魁は唇を寄せる。

舌が絡みあい、濡れた音が寝室に響く。その音だけで魁は甘い息を零す。

「今日尾道さんと会ったのは、仕事を偶然フォローしたお礼に誘われたんだけど。俺があなたを好きになることはないですって伝えるためもあったんだ。魁君に逢えると思って」

「長谷川さん…」

長谷川が家に来ていた最大の理由は真結ではなく、一目でも魁に逢えたらいいと思ってのことだと聞いて、言われた魁自身恥ずかしさにずっと耳まで熱くなっている。

「それから…尾道さんは、俺達のこと知ってしまっていたんだってね。口説《くど》いたのは俺からだから、魁君は何も悪くない…だから責めないで欲しいこともお願いしたよ。ずっと俺を庇ってくれていたことも尾道さんから聞いたよ。ありがとう、魁君」

「長谷川さん…違います、俺が勝手にしただけで…長谷川さんだって、悪くない。だってええと…合意、です。元もと俺が浮かれてうっかり喋《しゃべ》ったからなんです。だから…」

「うん、じゃあこれはおあいこってことにしない？」

判ってくれる優しい長谷川の提案に魁は同意し、また口づけを重ねる。

どれだけキスをしてもし足りなくて、もっともっと感じたかった。

同じ気持ちでいるのが嬉しくて、また二人はキスを求めあう。

「今夜もまた、俺…あんなふうになっちゃうのかな」

独り言のような魁の呟きに、長谷川はどちらともつかない相槌を打った。

「うーん…男同士だと、本当なら体を馴らすのにもう少し時間をかけるんだよ。少しずつ、魁君の体に負担がかからないよう…ここを拡《ひろ》げていくんだ」

「…っ」

長谷川の指が魁の花弁へと触れ、敏感な彼の全身が感じて震える。

「だけど魁君は体が柔らかかったし…あの夜はちょっと裏技的なことをさせて貰ってる。ほぼ最初に近いセックスなら、初めてが痛いとか怖い思い出にさせたくなかったから」

「裏技…ですか？　んぅ…っ」

首を傾げた魁へ、長谷川は充分に濡らした指を掻き分けるように肉襞へ沈め、知り尽くした彼の急所を的確《てきかく》に刺激する。同時に乳首も愛撫《あいぶ》を受け、魁は全身の力が抜けそうだった。

「ここも、感じやすいよね。綺麗なピンクで、しゃぶったら蕩《と》けそう」

「や…ぁ、んぅ…」

本当に蕩けるか試すように長谷川に乳首を甘噛みされ、魁の腰が無意識に淫《みだ》らに揺れる。

「蕩けそうなのは、魁君の表情かな」

「うぅ…あの、これは…愚痴、ですけど。長谷川さんにいじられてから、そこ弱くなったんです、よ…？　奥日光から帰ってからしばらくは擦れると…痛くて」

「一人で悪戯《いたずら》はしなかったの？」

「しないです…！　…ひぅ、ん…」

指の施しで、長谷川の言おうとしていることがなんとなく判って、魁は頷く。

「あの…もしかして裏技って長谷川さんの指だけで、達っちゃったあれ、ですか…？」

「そう。痛いよりも、気持ちがいいほうが絶対いいから。…判る？　上と下いじられて、ここ柔らかくなってきてる」

長谷川は焦ることなく時間をかけて魁を丹念《たんねん》に愛撫し、ゆっくりと体を開かせていく。

「あんぅ…」

鼻に抜けて甘く、掠れるような自分の声が魁自身恥ずかしくてたまらなかった。

魁自身も扱いて追いたて、うねるような快楽の波に縋りつく魁をしっかりと抱き締める。

そのまま彼を後ろへと押し倒し二人は改めて抱きあう。

「…セックスが気持ちよ過ぎて、そっちの快楽に意識が奪われてしまったら、自分の感情は信用出来なくなるのは、判るよ。俺もそうだったから」

「長谷川さんも？」

「初めて逢った魁君とあんな関係になるとは自分でも思いもよらなかったし、すぐに逢えると思っていたから…逢いたいと思ったのも、魁君が初めてで…あ、信用していない顔だ」

むずがるようにねだる魁に応じ、再び秘所へと指を沈め敏感な部分を探ってやりながら長谷川は苦笑いを浮かべた。

「だって…本当に。俺みたいな子供相手に、大人の長谷川さんがそんなふうに思ってくれてたなんて考えないですよ」

「子供じゃないよ、俺は子供を愛する趣味はないから。それより名刺をなくしてしまっていたのが、思いもよらなかったけど…ここ、もうせつない？」

「うん…」

拡げられた魁の秘所がひくついて長谷川を求めていてる。長谷川は意地悪をすることなく、魁の両膝を押し広げた。

「…もし俺が名刺をなくしていなかったら…こんなふうにまわり道になったりしなかったか

な。ぁあ、あ…！」

先端に熱い長谷川自身を感じながら、魁はゆっくりと彼を受け入れる。長谷川は痛み以上に感じる快楽に無意識に揺れてしまう魁の下半身に呼吸を合わせ、深く繋がっていく。

「こんなふうに再会を焦がれ、想いを募らせることはなかっただろうから…もしかしたらこんなふうにはならなくて、ただの知りあいになっていたかも、とも思うよ。ファミレスまで逢いに来てくれた時あったよね」

「はい。あの時は、心配してくれていたのに…帰ってしまってすみま、せ…んぅ…」

熱い長谷川自身がゆっくりと、魁の中へ沈む。

「店の中で見た、魁君の縋るようなまなざしが胸をざわつかせてた。何があったのか言って貰えれば、してあげられることがあるかも知れないのにって。…話して貰えないのは、信用されていないんだな、ってあの時はかなりへこんだんだよ。魁君が俺に逢うために来たことは判っているのに、その魁君自身に拒まれたから」

「うっ…すみません…あの時は俺、自分のことばかりで言えなくて…」

「うん、話して貰えたから今なら魁君の気持ちも判る。怯《おび》えて今にも泣き出しそうな表情をしているのに、大丈夫だと安心させてあげることも出来ないのは歯痒《はがゆ》かった。…以前にね、同じことがあったから、あぁまたかって」

結局最後まで理由が聞かされないまま、一方的な婚約破棄は深く長谷川の心を傷つけた。

「長谷川さん…」

心配そうに見上げる魁へ、長谷川は安心させるように笑う。その笑顔はもう、彼の傷は癒えていることを示していた。

「だから今日来てくれた魁君に、感謝している。ありがとう。そしてキツい…」

「ご、ごめんなさい…長谷川さん…」

挿入の痛みに乱れる魁の呼吸が整うまで、長谷川は急《せ》くことはしなかった。

涙を浮かべる魁へ励ますために口づけを重ね、唇の上で優しく囁く。

「嬉しくて舞い上がってるだけ。俺は君に…あれが一目惚《ひとめぼ》れだったんだと、教えられた」

「なんだか、俺達…リバーシみたいですね」

「リバーシ？　ボードゲームの？」

「まるで黒と白の裏と表みたいだったんだな、って。好きなのに逢えなかったり、逢えたのに気持ちが離れていると思ってしまったり…同じ気持ちに挟まれることで、色が変われる」

魁は荒い呼吸を整えながら手をのばし、長谷川に触れる。

「…判るよ。俺は魁君の色があったから、変われた。君を好きなことに、気付いた。魁君と出逢えなかったら、俺はずっと人を愛するのが怖くて臆病者のままだっただろうから」

「長谷川さんが臆病だったとは、とても思えないです…けど…」

そう言って不思議そうに見上げる魁の額に、長谷川は熱を測るように自分の額を重ねた。

「臆病者はそう思われたくないから、そう見せないものなんだよ」

「俺もです、長谷川さん。本当は凄く近くにいたのに、裏表だから気付かなかった。長谷川さんと出逢わなかったら、ずっと知らないままだった気持ちです。だから、もう…」

これ以上は恥ずかしさに言えなくて、魁は縋りついて自ら下半身を揺らしてねだった。

「もう大丈夫？　…動くよ」

「うん、ん…んぅ、ぁあ、あ…！」

次第に強くなっていく抉るような律動に、魁は深く突かれる度にあえかな声を零した。

長谷川の腕に溺れ、魁は気持ちのままを口にする。

「いい…気持ち、い…長谷川さ…」

「俺も、魁君…駄目だ、手加減出来なくて、すまない」

「ぁあ、あ…！　深、くて…長谷川さ…ぁあ、ん…っ」

縋りつくものを求めて宙に浮く魁の指を捉え、絡めてシーツの上へと釘づける。

自分が相手に求められているのが判る、それだけで二人は以前のような肉体的な満足だけではなく心が満たされていくのが互いに伝わってきていた。

「魁君…」

「名、前…呼ばれると…駄目…ぁ、ああっ…！」

魁を愛しながら、長谷川は繋いでいた手を緩め、涙で濡れる頬を拭う。

「愛しているよ、魁…だからもう、泣かないで」

「…ぅん、うん…だけど、止まらな…」

長谷川は慰めるために、何度も何度も魁に優しく口づける。

「君に辛い想いさせてすまなかった。ずっと傍にいるから…だからもう、泣かないで」

魁は次第に速くなる律動からもたらされる快楽に溺れながらも、魁は長谷川の首へと両腕をまわして縋りつく。

「俺も、大好きです…長谷川さん…駄目、もう…」

魁の願いを叶えるため、長谷川は彼の体を大切に抱き締めて一際強く穿《うが》つ。

それが、限界だった。

「っ、ぁあ…！」

溢れそうな幸福に満たされながら魁は達し、長谷川もまた彼の中で絶頂を迎えた。

長谷川が魁へ贈ったのは、二つ折りのお財布。

その中には長谷川の名刺が一枚入っていたが、もうその名刺をなくしてしまっても二人は大丈夫だった。

あとがき

こんにちは&初めまして。染井吉乃です。

ルチル文庫さんで十一冊目の「君色リバーシ」をお届け致します。

今回のお話はちょっと年の差？　現代物のお話です。

いつもとはなんとなく違うアプローチでのお話を目指してみましたが、読まれる方はいつも通りの染井吉乃が書くお話かも知れません。

そういえば毎回作業中に二転三転する主人公の名前がプロット通りで…って、あれ？　今気付いたんですが、長谷川のフルネームが出ていた記憶がありません（滝汗）
○○で△△な彼は、フルネームで長谷川悟《さとる》といいます（自分メモ）
その他忙しそうな設計事務所の某社長や同僚達、優しくて美人なクラスメイトや袴姿で闊歩していた元気な先生など、ちょっとだけおや？　と笑って貰えたら彼らもしあわせです。

今回イラストでお世話になりました三池ろむこ先生、ありがとうございました！　イラストをお願い出来ると担当さんから教えて戴いた時は、驚いて二度訊きしてしまったくらい本当に本当に、今から本になるのが愉しみにしております…！

そして今回は食いしん坊主人公にアドバイスをくださったＡＲＩさんに、大変お世話になりました。素敵な彩りをありがとうございました。Twitterやブログ等でいつも素敵で美味

しそうなお料理をアップされていて、その度に目でご馳走になっています（笑）

…このお話で一番思い出に残っていることは、諸般の事情でPCがない環境にいたために内容のほぼ四割以上をノートとペンで下書きしてから改めて入力作業をしたことです。

今見直すとあまりの悪筆さに殆ど読めないのですが、当時は必死だったのか普通に解読できたのがとても不思議です。これなら人に読まれても安心です…エッチシーン以外は。

最悪、このミミズ文字達筆ノートを担当様にファックスするしか…？　と真夜中に真剣に悩んでおりましたが、今回もまた担当のS様には大変お世話になりました。

担当様にはいつも本当に助けて戴いております。ありがとうございます！　センスがいいタイトルが浮かぶ魔法と、作業がさくさく進む魔法をご存じでしたらどうか教えて下さい…。

いつも染井吉乃の作品を読んで下さっている皆様、ありがとうございます。

初見でこの本を今書店さんでパラパラされている皆様、是非読んでやってください（笑）

この作品を少しでも愉しんで戴けたら、凄く凄く、嬉しいです。

これからものんびりと、しかし全力で頑張りますので、どうぞよろしくお願い致します。

また近いうちに皆様にお会い出来ることを願って。

二〇一五年　もうすぐ春に　　染井吉乃

✦初出　君色リバーシ……………………書き下ろし

染井吉乃先生、三池ろむこ先生へのお便り、本作品に関するご意見、ご感想などは
〒151-0051 東京都渋谷区千駄ヶ谷 4-9-7
幻冬舎コミックス　ルチル文庫「君色リバーシ」係まで。

幻冬舎ルチル文庫
君色リバーシ

2015年2月20日　　第1刷発行

✦著者	染井吉乃　そめい よしの
✦発行人	伊藤嘉彦
✦発行元	株式会社 幻冬舎コミックス 〒151-0051 東京都渋谷区千駄ヶ谷 4-9-7 電話 03(5411)6431［編集］
✦発売元	株式会社 幻冬舎 〒151-0051 東京都渋谷区千駄ヶ谷 4-9-7 電話 03(5411)6222［営業］ 振替 00120-8-767643
✦印刷・製本所	中央精版印刷株式会社

✦検印廃止

ISBN978-4-344-83371-5　C0193　Printed in Japan